Arena-Taschenbuch
Band 50230

Weitere Titel in dieser Ausstattung:
Vampir-Attacke. Das ultimative Gruselbuch ab 10 (Band 02436)
Ferien! Erfrischende Sommergeschichten ab 10 (Band 02891)
Elfenblut. Zauberhafte Geschichten ab 10 (Band 50045)
Vampire! Bissige Liebesgeschichten ab 12 (Band 50149)

Malin Wegner (Hrsg.)

Zuckersüße Zimtzicken

Von starken Mädchen, frechen Freundinnen und frisch Verliebten

Arena

FSC
Mix
Produktgruppe aus vorbildlich bewirtschafteten Wäldern, kontrollierten Herkünften und Recyclingholz oder -fasern
Zert.-Nr. SGS-COC-003210
www.fsc.org

1. Auflage als Originalausgabe im Arena-Taschenbuch 2010

Zusammengestellt von Malin Wegner
Umschlaggestaltung: Frauke Schneider
Umschlagtypografie: knaus. büro für konzeptionelle und visuelle identitäten, Würzburg
Gesamtherstellung: Westermann Druck Zwickau GmbH
ISSN 0518-4002
ISBN 978-3-401-50230-4

www.arena-verlag.de
Mitreden unter forum.arena-verlag.de

Inhalt

MANUELA MARTINI

French Fries

Kleine Schwestern sind die Hölle! Meine heißt Lora und ist elf und gehört bestimmt zu den frechsten kleinen Schwestern der Welt. Sie tut nie, was man ihr sagt. Da hilft es auch nichts, dass ich vier Jahre älter bin als sie und immer mal versuche zu sagen, wo es langgeht. Aber in den letzten Sommerferien ... da hat mich Lora gerettet, da ist sie zur besten frechsten Schwester der Welt aufgestiegen.

Eigentlich wollten wir unbedingt einen Strandurlaub machen. Aber eine alte Freundin unseres Papas hat einen Franzosen geheiratet, mit dem sie ein großes Ferienhaus in Frankreich bei Bayonne (dort gibt es keinen Strand) besitzt. Dorthin waren Papa und Lora und ich eingeladen.

»Es wird euch bestimmt gefallen. Stefanies Tochter ist genauso alt wie du, Paula. Sie leben sonst in Paris«, hatte Papa freudestrahlend verkündet. Das hörte sich ja erst mal ganz gut an. Also waren Lora und ich bereit, dieses Jahr auf den Strand zu verzichten.

»Die können wir vielleicht mal später in Paris besuchen, oder?«, schlug meine Schwester beim Packen vor.

»Hmm«, murmelte ich und fing gleich an, von einem

Sommer in Paris zu träumen. Ich stellte mir vor, wie ich in einem netten kleinen Café einem Jungen begegnete, wir uns über die Tische hinweg ansahen und uns beiden blitzartig klar wurde, dass wir uns wiedersehen wollten. Er hieß Thierry, träumte ich weiter, oder vielleicht auch Léo und er hatte blonde Haare und blaue Augen.

Was ich an meinen Träumen so liebe, ist, dass ich darin keine Komplexe habe. Ansonsten habe ich nämlich ständig das Gefühl, meine Nase ist zu groß, der Busen zu klein und die Beine sind zu kurz. Stundenlang mache ich mir Gedanken darüber, dass meine Haare nur *dunkel*blond sind und meine Augen leider nicht blau. Dabei flüstert mir eine Stimme ins Ohr: Du bist hässlich. Und die coolen Jungs sehen dich nicht mal.

Aber vielleicht waren die französischen Jungs ja netter als die deutschen. Netter als Nils zumindest. Der hatte mich nämlich kurz vor den Sommerferien wegen Lexie Miller – frisch aus Bristol in unsere Schule eingeflogen – knallhart abserviert. Natürlich weil sie lange blonde Haare hatte und megaenge Tops trug. Unter uns gesagt, die quetschten ihren Körper wie eine Wursthaut ein und sahen am Busen wie aufgeplatzt aus. Ihr meint, so rede ich nur, weil ich Komplexe habe? Okay, lassen wir das …

Wir machten uns also auf den Weg nach Frankreich. Nach zehn Stunden Autobahn wurden die Straßen immer schmaler und holpriger, bis es schließlich gar nicht mehr weiterging. Wir hielten vor einem großen weiß gestrichenen Holzgatter, hinter dem ein großer düsterer Kasten

aus Stein zu sehen war. »Cool, hier gibt's bestimmt Vampire!«, meinte Lora.
»Sieht eher aus wie eine dreckige Bruchbude«, murmelte ich leise und dachte etwas wehmütig an Meer und Sandstrand, die wir für das hier aufgegeben hatten. Papa hatte mein Gemurmel gehört und sagte: »He, das ist ein dreihundert Jahre altes Herrenhaus. Und keine Angst, Stefanie ist die Sauberkeit in Person.«
Woher wollte er das wissen? Seit er sie das letzte Mal gesehen hatte, konnte ja viel passiert sein. Vielleicht war sie zum Messie mutiert! Aber ich wollte Papa nicht gleich die Ferienlaune vermiesen und hielt deshalb den Mund. Als ich ausstieg, um das Tor aufzumachen, fiel mein Blick plötzlich auf IHN. Erstarrt blieb ich stehen. Das war doch nicht möglich! Auf der Wiese hinter dem Zaun stand ein Junge, der mit einer Heugabel das abgemähte Gras wendete. Und dieser Junge sah genauso aus wie Thierry, oder Léo, in meiner Paris-Fantasie. Litt ich unter Halluzinationen oder was war mit mir los? Verrückt oder nicht, dachte ich, ich sah jedenfalls diesen Typ und er hatte blonde Haare, die Augenfarbe konnte ich verständlicherweise auf die Entfernung nicht erkennen, aber sie war sicher blau.
»He, Paula, nicht einschlafen!« Lora machte eine Grimasse und riss mich wieder in die andere Realität.
Ich öffnete also die Autotür, schlüpfte ohne einen weiteren Seitenblick wieder auf den Beifahrersitz und schlug die Tür zu, als wäre der Teufel hinter mir her. Tatsächlich sollte mir kurz darauf wirklich der Teufel begegnen. Allerdings in einer ganz anderen Gestalt.

Stefanie stand schon vor der Tür des Spukhauses, äh, des Herrenhauses, und kam uns mit ausgebreiteten Armen entgegen. Zugegeben, sie sah auf den ersten Blick wirklich nicht aus wie ein Moccio. Schlank, groß, mit dunklen Augen und dunklem, zurückgebundenem Haar erinnerte sie mich ein bisschen an Mama. Ihr Mann Louis war noch größer und noch schlanker und hatte eine braun gebrannte glänzend polierte Glatze. Beide lachten und freuten sich offensichtlich sehr über unser Kommen. Louis hatte über seiner verwaschenen Jeans eine schwarze Schürze gebunden und Stefanie erklärte, dass er es nicht lassen könnte zu kochen, obwohl er doch zu Hause in Paris jeden Tag in ihrem Restaurant stehen würde. Lora murmelte: »Igitt, wir müssen bestimmt Schnecken essen oder so was!«

»Quatsch!«, gab ich zurück, aber ich fürchtete auch, dass wir keine Hamburger und Pommes kriegen würden. Aber im Moment war das Essen wirklich nebensächlich. Viel wichtiger war die Frage: Wie konnte ich mich unauffällig nach dem Jungen mit der Heugabel erkundigen? Und würde es mir gelingen, meine blöden Komplexe für eine Weile zu vergessen? Erneut wurde ich aus meinen Gedanken gerissen, als Stefanie sagte: »Das ist unsere Tochter.«

Pow!, steht in den Comic-Blasen, wenn eine Bombe detoniert. In mir detonierte in diesem Augenblick auch eine Bombe. *Pow!* Vor mir stand . . . ein Model. In dieser Sekunde vom Titelblatt eines Trendmagazins materialisiert. Ihr Haar floss wie ein Goldstrom auf ihre Schultern, ihre

Augen leuchteten smaragdgrün, ihre Haut hatte dieselbe Farbe wie Blütenhonig, ihre Lippen glänzten erdbeerfarben und ... tja, der Rest war auch perfekt. Es brauchte nur diesen einen Augenblick und ich verwandelte mich von einer, nun ja, durchschnittlich aussehenden Fünfzehnjährigen in einen knorrigen Zwerg Nase. Als dann Stefanie noch ihre Tochter mit Alicia vorstellte, klang Paula aus meinem Mund wie der Name eines verwelkten Wurzelgemüses.

»Allo!«, sagte die Überirdische. Papa sagte doch, sie spricht Deutsch? Dabei konnte sie noch nicht mal ein deutsches H aussprechen! Ich würde jedenfalls nicht ihr zuliebe Französisch sprechen! Das war klar.

»**H**i! **H**allo! (das **H**urra verschluckte ich gerade noch rechtzeitig) **H**abt ihr ein **h**errliches **H**errenhaus **h**ier!«, beeilte ich mich, dann auch sogleich zu entgegnen – und konnte mir dabei leider ein schadenfrohes Grinsen nicht verkneifen. Alicia erwiderte mein Lächeln, doch ihres sah richtig hinterhältig aus.

»Haha, Hunderte Hunde und Hunderte Hasen haben hier haufenweise Herrenhäuser, hallihallohallolü!«, flötete sie mit astreinen H.

Ich starrte sie mit offenem Mund an, was mich sicher nicht gerade attraktiver machte. Alicia lächelte triumphierend und wurde dabei noch größer und schöner und ich noch knubbeliger und kleiner. Der Gedanke an den Jungen mit der Heugabel verflüchtigte sich in einen fortziehenden rosafarbenen Nebel. Wie hatte ich mir auch nur eine Hundertstelsekunde einbilden können, ihn anzu-

sprechen? Er musste ja nur Augen für sie haben! Super! Die Sommerferien waren gelaufen.
Ich sah zum Haus. Wenn ich vom ersten Stock in den Garten runterspringen würde, könnte ich mir den Knöchel verstauchen oder besser brechen. Dann müssten wir nach Hause fahren. Diesen Plan würde ich gleich heute Abend in die Tat umsetzen, nahm ich mir vor. Doch daraus wurde erst mal nichts. Denn unsere Zimmer lagen im Parterre.
Stefanie schlug Alicia vor, Lora und mich auf dem großen Grundstück herumzuführen. Es gab Pferdeställe, einen Tennisplatz, dazwischen uralte hohe Bäume und Wiesen. Dass Ihre Hoheit keine Lust auf mich und meine kleine Schwester hatte, kapierte sogar Lora sofort und warf mir einen genervten Blick zu. Aber als dann auch noch Papa ein aufmunterndes »Ja, geht nur!« dazu beisteuerte, blieb uns allen drei nichts anderes übrig, als loszuziehen. Kaum waren wir außer Hörweite, drehte sich Alicia zu uns um. Ihr Lächeln verschwand mit einem Schlag, ihre Augen glühten wie die einer Katze und sie zischte uns entgegen: »Nur damit eins klar ist: Ich bin nicht euer Entertainer.«
»Entertainer?«, fragte Lora, worauf Alicia ein verächtliches *Tststs* schnalzte und an mich gewendet sagte: »Ihr kommt aus der Provinz, oder? Kein Wunder, dass deine kleine Schwester keine Ahnung hat.«
Mir blieb die Spucke weg. Was hatte die Provinz mit Entertainer zu tun und mit mir und Lora? Ich hätte ihrem Golderdbeerblütenhonig-Face am liebsten eine geknallt, aber ich dachte sofort an Papa. Im selben Moment hörte

ich ihn mit Louis auf der Terrasse laut und fröhlich lachen. Nein, das konnte ich ihm nicht antun. Seit der Scheidung von Mama war er das erste Mal wieder richtig ausgelassen. Also entschied ich mich für die coole Tour – es gibt sicher auch coole Gnome und Trolle – und sagte: »Keine Sorge, wir sind am liebsten unter uns. Wo sind jetzt die Pferdeställe?«

Alicia reckte ihren Hals und ging mit langen Schritten voraus, zu einem flachen Gebäude. Ein paar Meter davor blieb sie stehen. »Hier. Aber nicht reingehen.«

»Warum nicht?«, wollte ich wissen. Ich spürte, wie ich allmählich wieder ein bisschen größer wurde. Alicia hob arrogant eine Augenbraue. »Seid ihr unterentwickelt! Da sind Pferde drin, kapiert?«

»Ach, wirklich, wir in der Provinz halten in solchen Ställen unsere Meerschweinchen«, gab ich genauso arrogant zurück. Ihre smaragdgrünen Augen – ich war plötzlich sicher, dass sie gefärbte Kontaktlinsen trug – wurden schmal und ihre kleine Modelnase kräuselte sich ein wenig nach oben. Dadurch wurden ihre Schneidezähne sichtbar, die eigentlich, wenn man sie mal genauer betrachtete, eher wie Hasenzähne aussahen. Sie wollte ganz sicher etwas Gemeines sagen, aber auf einmal glitt ihr Blick von meinem Gesicht weg über meine Schulter. Ich drehte mich um. Über die Wiese kam – kein anderer als . . . ja . . . Thierry oder Léo. Er schob einen Schubkarren mit einem Packen Heu und sah zu uns herüber. Zu uns? Oder sah er nicht viel eher zu Alicia, deren Lächeln erstrahlte? Und ich war sofort wieder der hässlichste Zwerg auf und unter der Erde. Ich

würde mir doch gleich das Bein brechen müssen, damit wir schleunigst hier wegkamen.
»Wer ist das?«, hörte ich meine kleine Schwester fragen und hätte sie in dem Augenblick gleichzeitig küssen und ohrfeigen können. Doch da richtete Alicia ihren Blick wie eine Laserwaffe auf Lora und sagte in ihrem grässlich arroganten Tonfall: »Thierry. Und er ist unantastbar für euch. Aber er würde sich sowieso nicht für eine von euch interessieren.«
»Thierry!?«, schrie ich viel zu laut auf. Das war doch nicht möglich, oder? Ich habe keine hellseherischen Fähigkeiten, bestimmt nicht. Ich glaube noch nicht mal, dass andere sie haben können. Aber gab es einen solchen Zufall?
»Allo!«, rief er und winkte zurück. Wie süß, dachte ich, er kann kein H sprechen. Er grinste. Was für ein Lächeln! Seine Haare fielen ihm in die Stirn, er schob sie zur Seite, sodass seine Augen zum Vorschein kamen ...
Alicia starrte mich an. Ich war sicher, sie hätte mich gleich erwürgt, wenn nicht Lora naiv, wie sie manchmal ist, gefragt hätte: »Unantastbar? Hat er eine ansteckende Krankheit?« Lora meinte es ernst, ich kenne sie.
»Er gehört mir«, erwiderte Alicia.
»Oh, so wie ein Hund?«, fragte Lora weiter und sah Alicia mit dieser Dummchenmiene an, die sie absolut perfekt beherrscht. Ich war immer noch wie vom Donner gerührt. »Er heißt wirklich Thierry?«, wiederholte ich wie schwachsinnig, »Thierry?«
Alicia sah erst mich, dann Lora an und sagte in vernichtendem Ton: „So was Bescheuertes wie euch hab ich noch

nie erlebt!“, und stolzierte davon. Natürlich zu Thierry. Der setzte den Schubkarren ab und schob die Hände in die Hosentaschen. Alicia drückte ihm zwei Küsschen auf die Wangen und drehte sich zu uns um. Aber nur kurz, dann verwickelte sie Thierry in ein Gespräch. Bestimmt erzählte sie ihm, wie blöd wir waren.

»Thierry, ist das ein komischer Name oder was ist mit dir?«, fragte mich Lora irritiert. Ich schüttelte den Kopf, ich war so niedergeschlagen, dass ich gar nichts mehr sagen konnte. Was sollte Thierry nun von mir denken? Ja, genau das, was Alicia ihm jetzt sagte.

Lora seufzte. »Meinst du, wir können wirklich nicht reiten? Was sollen wir jetzt die ganze Zeit machen? Ist doch echt öde hier.«

Stimmt. Lora tat mir ein bisschen leid. Irgendwie hatte sie mit alldem nichts zu tun.

»Na, meine Süßen, das ist echt großartig hier, was?«, begrüßte uns Papa gut gelaunt auf der Terrasse. In der einen Hand ein Glas Rotwein, in der anderen ein Stück Käse. »Louis ist schon in die Küche, um was Leckeres zu kochen. Und ihr? Hat euch Alicia alles gezeigt?«

»Hm.« Die Details wollte ich ihm ersparen, außerdem hätte ich dann auch Thierry erwähnen und mein Selbstbild als Troll enthüllen müssen, und das war mir viel zu peinlich.

»Na, ein bisschen mehr Begeisterung wäre schon angebracht. Ist doch eine großartige Location hier!«, meinte Papa.

»Ja, supertoll«, brachte ich hervor.

»Supertoll«, bestätigte Lora mit derselben Begeisterung wie ich.

»Okay, kapiert. Ich lass euch in Ruhe. Mädchen unter sich, ja? Alicia ist total nett, oder?«

»Sie ist . . .«, fing Lora gerade an und ich konnte das drohende Unheil schon in ihren Mundwinkeln erkennen, die sich kräuselten, also warf ich schnell ein: »Ja, supernett.«

»Prima!« Papa lachte zufrieden.

»Hallo Mädels, na, versteht ihr euch gut?«, rief Stefanie von der Terrassentür herüber. »Thomas, komm doch in die Küche zum Plaudern.«

»Sofort!«, rief Papa. Er warf uns noch ein kurzes Lächeln zu und schon war er weg.

»Warum hast du Papa nicht gesagt, dass alles hier blöd ist?«, fragte Lora sofort, als Papa in der Küche verschwunden war. »Weil wir ihm jetzt nicht gleich den ganzen Urlaub versauen sollten.« Lora nickte. Vielleicht wäre alles ganz anders gekommen, wenn Alicia nicht an diesem Abend den Bogen überspannt hätte.

»Ihr esst zu viele Kohlenhydrate«, stellte Alicia nach dem Essen fest, als die Erwachsenen außer Hörweite am Kamin saßen. »Kein Wunder, dass die Deutschen so dick sind.«

»Stimmt doch gar nicht!«, protestierte ich halbherzig. Sie zuckte mit den Schultern, stemmte die Arme in ihre Taille und musterte mich – den Troll, dachte ich in dem Moment, obwohl ich es nicht wollte.

»Weißt du, was Thierry gesagt hat?«, bohrte sie weiter. »Halte mir nur diese beiden Kinder vom Hals!«

»Das hat er nicht gesagt.« Ich sollte sie einfach ignorieren.
»Ach, und übrigens, mein Pferd bekommst du nicht«, sagte Alicia böse.
»Es gibt sicher noch andere Pferde.«
»Leider gerade nicht.« Sie lächelte bedauernd.

Schlecht gelaunt gingen Lora und ich schließlich in unser Zimmer.
Ich konnte nicht einschlafen. So einsam hatte ich mich schon lange nicht mehr gefühlt. Das Bett kam mir eiskalt vor, der Mond sah aus wie eine halbe Pizza ohne Belag, die Grillen nervten und in unserem Badezimmer tropfte ein Wasserhahn. »Schläfst du schon?«, hörte ich Loras Stimme in der Dunkelheit.
»Nee.«
»Ich auch nicht. Ich muss die ganze Zeit an diese blöde Kuh denken. Ohne sie wär es viel schöner hier.«
»Bestimmt«, sagte ich hoffnungslos. *He, Alicia, mach die Biege, wir brauchen dich nicht!* Super, Alicia würde sicher gleich ihre Sachen packen …
»Du findest ihn gut, oder?«, kam es von Lora.
»Wen?«, fragte ich unschuldig.
»Diesen Thierry.«
Ich lachte auf. Zu laut. Klar, Lora wusste sofort, dass sie den Punkt getroffen hatte.
»Diese Alicia sieht allerdings ziemlich . . .« Sie stockte.
»Wie?«, fragte ich lauernd.
»Passabel aus«, nuschelte Lora.

»Kannst ruhig sagen, dass sie eine Millionen Mal besser aussieht als ich«, brummte ich.
»Nein, nicht so viel Mal . . .«
»Hör auf, Lora. Ich hab keine Chance gegen sie.«
»Hm«, machte Lora und gähnte. »Weißt du was, am besten tun wir so, als wär sie nicht da und du machst dich einfach an Thierry ran.«
»Ranmachen? Lora! Ich will ihm bloß mal Hallo sagen!«
»Allo, meinst du wohl!«, kicherte Lora. »Hast du diese große Wurstmaschine in der Küche gesehen«, redete Lora weiter. »Ich stell mir gerade vor, wie wir Alicia da reinstecken und oben die Beine rausgucken und dann stellen wir den Schalter an und . . .«
»Igitt! Denk mal an das viele Blut, bäh!« Ich war wirklich ein bisschen schockiert über meine kleine Schwester.
»Wir könnten sie natürlich auch fesseln und bei den Pferdeställen in das Abwasserbecken werfen . . .«, überlegte Lora.
Die Vorstellung, wie Alicia da im Dreck sitzen würde, gefiel mir. »Sie würde uns verraten«, meinte ich.
»Tja, stimmt. Außer wir schneiden ihr die Zu. . .«
»Lora! Das ist total eklig!«
Lora kicherte.
Es wäre das Einfachste, Alicia zu ignorieren. Aber das Problem war ich. Mich selber konnte ich ja wohl schlecht ignorieren. »Lora?«, fragte ich ins Dunkle hinein. »Findest du mich hässlich?«
Ich wartete, doch ich hörte nur noch ein leises Schnarchen.

Am nächsten Morgen behauptete Alicia, sie müsse in die Stadt, ein Buch für die Schule besorgen, Thierry würde sie mit dem Mofa hinfahren, er müsste auch etwas erledigen. Toll, und was sollten wir tun?

»Spielt doch Tennis«, schlugen die Erwachsenen vor. Das war eher was für Papa, aber es wurde sowieso nichts daraus, weil seltsamerweise plötzlich alle Schläger verschwunden waren. Noch bevor ich in Alicias Augen das schadenfrohe Blitzen bemerkte, war mir klar, dass sie dahintersteckte. Sie wollte uns rausekeln. Doch es sollte ganz anders kommen. Papa ging mit Stefanie irgendwelche Nachbarn besuchen, Louis war im Haus beschäftigt und Lora und ich lasen. Lora hatte gerade mit Louis' Turbo-Espressomaschine Caffè Latte gemacht, als Alicia zurückkam. Wo war Thierry? Ich sah mich um und konnte ihn bei den Pferdeställen sehen.

»Auch Lust auf einen Caffè Latte?«, fragte Lora. Alicia hob verwundert die Augenbrauen. Mit so viel Freundlichkeit hatte sie wohl nicht gerechnet, dann sagte sie aber: »Ja, nur mit warmer Milch!«

»Sehr gerne!« Lora verschwand in der Küche und kam lächelnd mit einem großen Glas mit viel Milch zurück. Ich zog Lora auf die Terrasse und wollte sie gerade zur Rede stellen, weil sie auf einmal so nett zu unserer Feindin war, als Louis aus der Haustür kam, die Jacke über der Schulter, und Alicia zurief: »Ich muss schnell Maman und Thomas abholen. Sie sind zu weit gewandert und schaffen es nicht mehr rechtzeitig zurück. Bin in einer halben Stunde wieder da. Pass bitte ein bisschen auf das Essen auf, ja?«

Wir sahen Alicia widerwillig mit ihrem Caffè Latte in die Küche gehen. Wunderbar, jetzt konnte ich Thierry einen Besuch abstatten. Allerdings reichten wahrscheinlich schon zehn Sekunden, um herauszufinden, dass Alicia nur Gemeines über mich erzählt hatte. Trotzdem, ich musste herausfinden, ob ich Chancen bei Thierry hatte oder ob ich mir das Bein brechen musste, damit wir nach Hause fahren konnten. Denn ihn und Alicia drei Wochen lang als verliebtes Pärchen vor der Nase zu haben, das würde ich definitiv nicht aushalten. Lora zwinkerte mir zu. Dass sie ziemlich listig grinste, fiel mir erst später wieder ein.

»Hallo!«, rief ich vorsichtshalber schon mal von Weitem. Wenn er mich abweisend ansehen würde, würde ich einfach in eine andere Richtung weitergehen, hatte ich mir vorgenommen.
Er sah auf und lächelte. Ich ging näher.
»Thierry, richtig?«
Er nickte. »Et toi – und du?«
Ah, Alicia, die Schlange, hatte ihm noch nicht mal meinen Namen verraten. »Paula.« Mein Name klang gar nicht so übel.
»Schöner Name«, sagte er mit leichtem Akzent und blinzelte mich gegen das Sonnenlicht an. »Danke.« Von der Nähe sah er noch besser aus. Seine Augen waren natürlich blau! Und um das Bild perfekt zu machen, hatte er am Kinn auch noch ein Grübchen. Jegliche Gedanken über mich verbot ich mir.

»Gefällt's dir hier?«, fragte er.
»Na ja, bisschen langweilig.«
Er sah mich überrascht an. »Langweilig? Kannst du reiten?«
Ich nickte.
»Warum tust du es dann nicht?« Er machte eine Kopfbewegung zu den Ställen hinter sich.
»Alicia sagt, es gibt kein Pferd für mich.«
»Was? Du kannst eins von meinen haben.«
Wie bitte? Wollte er mich verarschen? »Du hast mehrere?«
»Ja, zwei. Wir könnten morgen zusammen ausreiten.« Er lächelte mich an. Mir wurde ganz schwindelig bei diesem Blick. Das konnte nicht wahr sein. Das war alles Einbildung. Ganz klar. »Aber Alicia ...«, fing ich wieder an.
»Alicia? Die nervt. Sie muss immer im Mittelpunkt stehen. Sie benimmt sich, als wären ständig Fotografen hinter ihr her. Dauernd wirft sie sich von einer Pose in die nächste.« Er schüttelte den Kopf.
Ich bekam meinen Mund nicht mehr auf, bis ... ja, bis Lora »Hilfe!« schrie.
Thierry und ich drehten uns gleichzeitig zum Haus.
Aus dem Küchenfenster quoll schwarzer Qualm! Und Lora rannte mit einem Eimer aus der Tür.
»Vite!«, rief Thierry und nahm meine Hand. In dem Moment, ganz ehrlich, war mir völlig egal, was da in der Küche kokelte, da wollte ich nur, dass Thierry nie wieder meine Hand loslässt. Oder zumindest nicht für die nächsten Minuten.

»Was ist passiert? Wo ist Alicia?«, rief ich Lora dann doch atemlos zu.

»Auf dem Klo!«, rief Lora zurück. Sie schleppte einen vollen Eimer Wasser ins Haus. Thierry und ich folgten ihr.

In der Küche qualmte grauschwarzer Rauch aus dem Backofen und aus einem Topf schlugen kleine Flammen. Ein paar Küchentücher und ein Vorhang hatten schon Feuer gefangen. Lora schüttete das Wasser in die Flammen und lief wieder hinaus.

Thierry hatte eine schwere Wolldecke aus dem Wohnzimmer geholt und schlug damit auf die Flammen ein, doch die ließen sich kaum bändigen. Ich riss eine Tischdecke aus der Kommode im Flur und half ihm. Seite an Seite droschen wir auf die Flammen ein und ich fühlte mich, als würden Thierry und ich gerade unsere gemeinsame Farm vor einem Buschfeuer retten. Zum Glück hatte Lora auf einmal irgendwo den Feuerlöscher gefunden und Thierry, der scheinbar wusste, wie man so ein Ding bediente, sprühte damit Schaum in die Flammen.

Wenige Minuten später war der Brand gelöscht.

Thierry stellte den Feuerlöscher beiseite und umarmte mich. Dann lächelte er mich erleichtert an.

»Wie ist das eigentlich passiert und wo bleibt eigentlich Alicia?«, fragte ich Lora. Die Arme sah völlig mitgenommen aus. »Ich glaube, die ist immer noch auf dem Klo.« Sie klang etwas kleinlaut. »Der Caffè Latte, ich hab . . .«

»Du hast . . .« Ich wusste plötzlich, warum Alicia nicht mehr vom Klo runterkam. Letzte Weihnachten verbrach-

te ich einen ganzen Nachtmittag auf der Toilette, während Lora sich über meine Süßigkeiten hermachte. Sie hatte mir Omas Rizinusöl in den Kakao gemischt.
Lora schluckte. »Ich hab im Arzneischrank ein Fläschchen mit Rizinusöl gefunden und da dachte ich . . .«
». . . du kannst Alicia außer Gefecht setzen?«
Lora nickte. Ich hätte sie umarmen können!

Die Küche sah aus wie eine schwarze Höhle, in der weißer Schnee gefallen war. Der Schaum aus dem Feuerlöscher türmte sich über dem Herd und bedeckte fast den ganzen Boden. Und im Ofen waren nicht Schnecken – sondern die French Fries verbrannt. Als Louis mit Papa und Stefanie zurückkam, traf ihn fast der Schlag. Seine geliebte Küche sah aus wie ein Schlachtfeld in Schwarz-Weiß. Er war ziemlich sauer, weil Alicia nicht Lora oder mich gebeten hat, in der Küche aufzupassen, als sie . . . Durchfall bekam. Und Stefanie meinte, dass Alicia leider oft ziemlich arrogant zu anderen wäre. Lora und ich haben uns ruhig verhalten, nur ein bisschen mitleidig genickt. Papa jedenfalls war stolz auf uns, weil wir so tapfer gegen das Feuer gekämpft hatten. An diesem Abend wurde nicht mehr gekocht, stattdessen gingen wir Hamburger mit French Fries essen. Nur Alicia musste zu Hause bleiben, weil sie immer noch auf dem Klo festhing.

Zugegeben, es hätte vielleicht auch eine Möglichkeit gegeben, Thierry Hallo zu sagen, ohne die Küche komplett zu verwüsten und bei der Alicia . . . na ja, nicht ganz so lange hätte auf dem Klo sitzen müssen. Aber unser gemeinsames Feuerlöschen hat Thierry und mich sofort zusammengeschweißt. In den nächsten Tagen hingen wir ständig zusammen in den Ställen rum, ritten miteinander aus und sonnten uns auf den Wiesen. Alicia sah man schon auf hundert Meter Entfernung an, dass sie vor Wut kochte. Als sie dann auch noch mich und Thierry drei Tage nach dem Küchenbrand im Stall dabei überraschte, wie Thierry mich das erste Mal küsste, verlor sie völlig die Nerven. Mit hochrotem Kopf stürzte sie zu ihren Eltern und sagte ihnen, dass sie zurück nach Paris zu ihren Großeltern fahren würde. Angeblich musste sie sich schon auf das neue Schuljahr vorbereiten. Als sie weg war, wurden es echte Traumferien! Lora und ich haben dem geplatzten Strandurlaub keine Träne mehr nachgeweint und ich und Thierry ... tja, wir haben uns noch ganz schön oft geküsst ... und schließlich hab ich festgestellt, dass ich eigentlich ziemlich gut aussehe – ja und auch, dass es hin und wieder nicht schaden kann, eine kleine freche Schwester mit ... etwas ... nun ja ... ausgefallenen Ideen zu haben.

CHRISTINE NÖSTLINGER

Wie ein Ei dem anderen

Marion stand hinten in der Klasse, beim großen Papierkorb, drehte einen roten Buntstift im Bleistiftspitzer und murmelte: »Wenn der jetzt noch einmal abbricht, dann dreh ich aber durch!«

»Das kommt davon, weil du immer auf deiner Schultasche die Treppen runterrutschen musst!«, sagte die Rosi, die neben Marion stand und eine Mandarine schälte. »Ist doch logo! Da wird alles in der Tasche durchgerüttelt und da brechen natürlich auch die Minen ab, von vorn bis hinten!«

»Werd mir's merken, Frau Oberlehrer!« Marion schnitt der Rosi ein Gesicht und zog den roten Buntstift aus dem Spitzer. Die verflixte Mine war wieder ab!

»Na, was hab ich gesagt!« Die Rosi machte ein sehr zufriedenes Gesicht.

»Weiß nimmer, was Frau Oberlehrer gesagt haben«, rief Marion, ging zu ihrem Platz und versuchte, das Minenstück, das im Spitzer feststeckte, herauszubeuteln.

Die Rosi kam hinter ihr her. »Warum nennst mich immer Frau Oberlehrer?«, raunzte sie. »Ich hab dir doch bloß die Wahrheit gesagt!«

Marion setzte sich hinter ihr Pult und klopfte am Pultdeckel das Minenstück aus dem Bleistiftspitzer.
»Gib mir wenigstens eine Antwort!«, greinte die Rosi. »Was hast denn gegen mich? Warum bist denn so gemein zu mir?«
Ohne hochzuschauen, sagte Marion: »Aber Frau Oberlehrer, wie kommen denn Frau Oberlehrer auf die Idee, dass ich gegen Frau Oberlehrer etwas haben könnte?«
Da packte die Rosi Marions Stuhllehne mit beiden Händen und kippte den Stuhl nach hinten. So weit, dass die Lehne an das Pult vom Alexander und vom Florian stieß. Marion strampelte mit den Beinen, ruderte mit den Armen herum, bekam den dicken blonden Zopf von der Rosi in die linke Hand, fasste mit der rechten Hand nach und zog aus Leibeskräften. Die Rosi brüllte auf und ließ die Stuhllehne los. Der Stuhl plumpste nach vorne und stand wieder auf allen vier Beinen. Marion ließ den Zopf trotzdem nicht los. Ganz oben, dicht am Schädel der Rosi, hatte sie ihn gepackt. Und sie zog so lange, bis der Kopf der Rosi auf ihren Knien lag und die Rosi, rumpfgebeugt und hilflos mit den Füßen scharrend, neben ihr stand.
Der Gogo, Marions Pultnachbar, rückte mit seinem Stuhl ein bisschen zur Seite, von Marion und Rosi weg. Der Gogo mochte »rohe Gewalt« nicht besonders.
Der Alexander und der Florian standen von ihren Plätzen auf, um besser sehen zu können, wie die Sache nun weiterging. Und die Karin, am Pult vor Marion, drehte sich um und sagte lachend: »Marion, lass den Apfelwurm los,

sonst kommt doch gleich wieder ihre Mama in die Schule gewatschelt und regt sich auf!«

»Jetzt wird die Frau Oberlehrer erst einmal in die Knie gehen«, schnaufte Marion. Sie war ziemlich außer Atem und ganz rot im Gesicht von der Anstrengung, den Rosi-Kopf in seiner misslichen Lage zu halten. »Und dann wird sie mich um Entschuldigung bitten! Eine Frau Oberlehrer darf doch keine Stühle kippen, oder? Das gehört sich nicht!«

Doch bevor die Rosi dieser Aufforderung nachkommen konnte, ratschte die Schulglocke die Pause aus und der Mathelehrer, ein wahres Monstervorbild an Pünktlichkeit, stand auch schon in der Klassentür.

Marion ließ den Rosi-Zopf los. Die Rosi richtete sich auf. Sie wimmerte kläglich und presste sich beide Hände an den Kopf, dorthin, wo der dicke blonde Zopf seinen Anfang hatte. Tränen kullerten über ihre Wangen.

Der Mathelehrer war beim Lehrertisch angekommen. Er starrte auf die Rosi, wartete, bis die Schulglocke fertig geratscht hatte, dann fragte er: »Was ist denn mit dir los, Rosi? Hast dir wehgetan?«

Die Rosi war nicht fähig, den erlittenen Sachverhalt klar zu schildern. Bloß: »Ich nicht, aber sie!« und: »Immer so gemein zu mir!« und: »Ihr nie etwas getan!« war aus dem Geschluchze zu hören.

»Na, jetzt beruhig dich erst einmal«, sagte der Mathelehrer zur Rosi. »Setz dich auf deinen Platz und verschnauf!«

Aber die Rosi ging nicht zu ihrem Pult. Sie lief nach vorne, zum Lehrertisch, nahm die Hände vom Kopf, hielt dem

Mathelehrer den Kopf zur Besichtigung hin und heulte: »Bitte, die Marion hat mir alle Haare ausgerissen!«
Der Mathelehrer besah sich den Kopf. »Sind aber noch jede Menge Haare dran«, sagte er. »Wär froh, wenn ich zehn Prozent davon auf meinem Schädel hätte!« Er deutete auf seine Dreiviertelglatze.
Die meisten Kinder in der Klasse lachten. Die Rosi zog ein Papiertaschentuch aus der Hosentasche, wischte sich die Tränen von den Wangen, schnäuzte sich und war dann wieder so gefasst, dass sie dem Mathelehrer zusammenhängend Bericht erstatten konnte. Abgesehen davon, dass sie ihren Griff nach der Stuhllehne nicht erwähnte, entsprach der Bericht den Tatsachen.
Der Mathelehrer hörte sich alles geduldig an. Als die Rosi fertig war, sagte er: »Aber werte Rosi Weiermeier, du bist um einen Kopf größer als die Marion! Und fast doppelt so breit! Du wirst dich doch gegen unser Fliegengewicht noch zur Wehr setzen können!«
Schwer gekränkt schaute die Rosi den Mathelehrer an. »Ich raufe nicht«, rief sie und schnäuzte sich wieder. »Nur gemeine Menschen schlagen sich herum, das ist mir zu primitiv!«
»Aber mich vom Sessel zu kippen, das ist ihr nicht zu primitiv!«, rief Marion nach vorne.
»Das war nur, weil sie mich beschimpft hat«, erklärte die Rosi dem Mathelehrer. »Und alles, hat mein Papa gesagt, muss ich mir auch nicht immer gefallen lassen!«
Marion sprang auf, stützte die Hände auf das Pult und lächelte dem Mathelehrer allerliebst zu. »Bitte schön«, sagte

sie mit sanfter Stimme. »Ich habe doch bloß Frau Oberlehrer zu ihr gesagt. Weil sie immer alles viel, viel besser weiß als ich. Und Frau Oberlehrer, das ist kein Schimpfwort!« Ganz sicher war sich Marion, dass der Mathelehrer ein Lächeln unterdrückte. So fuhr sie fort: »Und wie mich die Rosi vom Stuhl kippen wollte, nur deswegen, weil ich sie Frau Oberlehrer genannt habe, da habe ich doch irgendwo Halt suchen müssen und da war eben zufällig ihr Zopf am nächsten!«

Des Mathelehrers Bemühen, ernst und würdig dreinzuschauen, war nun nicht mehr sehr erfolgreich. Um seine Mundwinkel zuckte es, in seine Augenwinkel kamen Lachfältchen. Lehrer sind eben auch nur schwache Menschen und können nicht alle Schüler gleichermaßen in ihr Herz schließen. Für kleine, zarte, witzige, hübsche, schwarzhaarige und dazu noch blauäugige Mädchen mit einem Mathe-Einser, wie Marion, hatte der Mathelehrer in seinem Herzen viel Platz reserviert. Da auch noch ein großes, dickes, jammerndes und fehlerhaft rechnendes Kind, wie die Rosi, unterzubringen, fiel ihm weitaus schwerer. Doch das wollte er sich natürlich nicht anmerken lassen, denn Lehrer haben »gerecht und objektiv« zu sein. So sprach er einfach: »Kinder, seid nicht so kindisch! Vertragt euch wieder!«

»Aber gern doch!«, sagte Marion, setzte sich, verschränkte die Arme über der Brust und lächelte weiter lieb.

Die Rosi sagte gar nichts. Mürrisch ging sie zu ihrem Pult, ließ sich auf ihren Stuhl plumpsen und machte sich daran, ihren Zopf zu entflechten. Die ganze Mathestunde verbrachte sie damit, lose Haare aus ihrer Mähne zu holen und in Reih und Glied auf ihrem Pult anzuordnen und zu zählen. Lauter Haare, die ihr Marion angeblich ausgerissen hatte! Und ebenso angeblich waren es hundertunddrei Stück!

Nach der letzten Schulstunde kam der Hubsi, der seinen Sitzplatz hinter der Rosi hatte, zu Marion und sagte: »Du, ich habe die Rosi genau beobachtet. Die meisten Haare hat sie sich selbst ausgerissen! Und wenn ihre Mutter wieder in die Schule kommt, dann mache ich den Zeugen und beeide das!«
»Und wir beeiden es dir auch!«, sagten der Alexander und der Florian.
»Wär aber ein Meineid«, sagte der Gogo. »Ihr könnt es doch gar nicht gesehen haben.«
Marion funkelte den Gogo an. »Hältst du vielleicht zum Apfelwurm«, fauchte sie.
Der Gogo packte sich die Schultasche auf den Rücken. »Ich halte zu überhaupt niemandem«, sagte er. »Aber ich sehe nicht ein, warum du dauernd so gemein zur Rosi sein musst! Und ich sehe schon überhaupt nicht ein, warum du jeden ärgern musst, den du nicht leiden kannst! Wem nicht die Gnade widerfährt, von dir geliebt zu werden, der ist arm dran!«
»Du spinnst ja!«, rief Marion. Der Alexander und der Florian nickten zustimmend.
»Na, wenn ihr meint!« Der Gogo drehte sich um und

wollte zur Klasse hinaus. Marion hielt ihn an der Schulter zurück.
»Erklär mir das näher, du Unschuldslamm«, rief sie.
Der Gogo erklärte es ihr nicht. Er schaute sie bloß an. Mit dem gewissen Gogo-Blick, der Marion immer etwas unbehaglich war. Ein echter Durch-und-durch-Blick war das. Den hatte der Kerl schon im Kindergarten gehabt! Und schon damals war sich Marion klein und mies und dumm vorgekommen, wenn er sie so angeschaut hatte.
Marion nahm die Hand von Gogos Schulter. Der Gogo sagte: »Tschüss bis morgen« und ging aus der Klasse. Marion stopfte ihren Schulkram in die Schultasche und schielte dabei zur Rosi hin. Die wickelte gerade sorgfältig ihre hundertdrei Haare in ein Papiertaschentuch. Und die Doris, ihre Freundin, suchte den Fußboden um Rosis Sitzplatz herum ebenso sorgfältig nach einem hundertvierten Haar ab.
»Die zwei blöden Kühe sammeln Beweisstücke!«, kicherte der Florian.
»Vielleicht tragen s' die Haare noch auf die Polizei!« Der Alexander tippte sich mit dem Zeigefinger an die Stirn.
Marion ließ die Schlösser ihrer Schultasche zuschnappen und dachte: Warum muss ich denn die Rosi wirklich dauernd so viel ärgern? Warum kann ich sie denn nicht in Ruhe lassen?
Vorige Woche hat die Mama zum Papa gesagt, dass ich nur lieben oder hassen könne und nichts dazwischen! Und der Gogo meint das auch! Aber so bin ich doch gar nicht! Oder bin ich wirklich so?

Mit diesem Problem war Marion noch auf dem Heimweg von der Schule so beschäftigt, dass sie gar nicht richtig hinhörte, als der Florian zu ihr sagte: »Du, übrigens, das wollte ich dir schon den ganzen Vormittag erzählen! Du hast eine Doppelgängerin! Die hätt ich gestern fast mit dir verwechselt. Erst wie sie ganz nahe bei mir war, hab ich gesehen, dass das jemand anderer ist!«
Dermaßen war Marion in ihre Seelenforschung vertieft, dass sie sich nicht einmal freute, als der Alexander zum Florian dann sagte: »Mach keine blöden Witze. So was Schönes wie die Marion kann es gar kein zweites Mal geben!«
Marion dachte sich bloß: Na ja, da wird halt irgendwer irgendeine Ähnlichkeit mit mir haben. Der Florian übertreibt ja immer maßlos. Der muss doch dauernd Sensationen melden, die keine sind!

Als Marion heimkam, war ihre Mama im Vorzimmer am Telefon und lauschte mit hängenden Mundwinkeln und gottergebenem Blick. Minz und Maunz, Marions kleine Brüder, standen neben der Mama und deuteten aufgeregt zum Telefonhörer.
»Die Mutter von der Rosi«, flüsterte der Minz.
»Die meckert schon ewig«, flüsterte der Maunz.
Marion nahm die Schultasche vom Rücken und warf sie unter die Garderobe. Der Zwerg hat vielleicht eine Vorstellung von ewig, dachte sie. Länger als fünf Minuten kann die Rosi noch gar nicht daheim sein! Und dann dachte sie noch: So was von Jammerlappen! Dauernd

muss sie bei ihrer Mama petzen! Und ich mache mir noch Gewissensbisse wegen ihr! Dreimal so viel sollt man diesen Apfelwurm ärgern!

Marion ging zur Mama hin. Die Mama nahm den Telefonhörer so weit vom Ohr weg, dass Marion mithören konnte. Marion hörte die Stimme der Rosi-Mama. Sie sagte gerade: »Von Geburt auf haben wir unserem Kind eingetrichtert, dass Zuschlagen primitiv und eines anständigen Menschen nicht würdig ist! Unser Kind hat ein so gutes Herz! Wie kommt es dazu, sich von Ihrer kleinen aggressiven Kröte unentwegt quälen zu lassen? Wenn das noch einmal vorkommt, Frau Berner, dann muss ich andere Saiten aufziehen! Und wenn man sich schulseits auch weiter taub stellt, werde ich eben einen Rechtsanwalt einschalten müssen!«

Marion reichte es. Sie ging in die Küche. Der Minz folgte ihr. »Was hast ihr denn diesmal getan?«, fragte er. »Hast ihr den kleinen Finger verstaucht? Oder die Zirkelspitze in den Hintern gestochen?«

Marion schüttelte den Kopf.

»Oder ist sie über dein Bein gefallen? Oder hast ihr die Turnschuhe an die Lampe gehängt?«

»Aber Minz«, sagte Marion. »Deine Schwester wiederholt sich doch nicht!«

»Dann sag endlich!« Der Minz war ganz gierig auf Kriegsberichterstattung.

Marion stellte sich an den Herd und rührte das Erdäpfelgulasch durch, das auf kleiner Flamme vor sich hin brodelte. Wegen der blöden Apfelwurm-Rosi brauchte ja nicht auch noch das Mittagessen anzubrennen. Sie deutete dem Minz, still zu sein. Sie wollte hören, ob ihre Mama nicht auch endlich etwas zu sagen hatte. Ziemlich lange musste sie darauf warten. Und dann schaffte die Mama bloß zweimal hintereinander, mit großer Pause dazwischen, ein »Aber, aber, Frau Weiermeier«.

Der Saft vom Erdäpfelgulasch war schon zu dicker Pampe verbrutzelt, als Marions Mama schließlich doch noch zu Wort kam. Marion goss ein Glas Wasser ins Erdäpfelgulasch und hörte ihre Mama sagen: »Also, so eine Bestie kann meine Tochter nun auch wieder nicht sein! Wir haben sie schließlich nicht zur Freistilringerin erzogen! Und Ihre Rosi hat doch wohl doppelt so viel Kraft wie unsere Marion! Ich kann mir wirklich nicht denken, dass da Ihre Rosi so arm dran ist! Nein, das kann ich mir nicht denken!«

Marion murmelte: »Der Mensch denkt und Gott lenkt!« Besorgt schaute sie ins Gulasch. Da hatte sie wohl ein bisschen zu viel Wasser drangetan. Das war nun eher Gulaschsuppe.

Dann kam die Mama in die Küche. »Marion, ich versteh dich wirklich nicht«, seufzte sie. »Diese arme Rosi ist eh schon mit einer Wahnsinnsmutter geschlagen! Warum reißt du ihr dann noch hundertvier Haare aus?«

»Hundertvier!«, rief der Minz. Andächtig, voll kleinbrüderlicher Bewunderung schaute er Marion an.

»Wie viel ist hundertvier? Ist das viel?«, fragte der Maunz, der mit der Mama in die Küche gekommen war.

Während der Minz dem Maunz zu erklären versuchte,

dass alle Finger vom Papa, von der Mama, von Marion, von Minz und Maunz und dazu noch vier Finger von der Oma hundertvier ausmachen, versuchte Marion der Mama zu erklären, dass sie der Rosi höchstens, aber wirklich allerhöchstens zehn Haare ausgerissen habe. Und dafür seien der Hubsi, der Florian und der Alexander Zeugen! Und auch an diesen zehn Haaren sei die Rosi selber schuld! Bloß der verständliche Wunsch, nicht vom Sessel gekippt zu werden und mit einem Schädelbasisbruch im Krankenhaus zu landen, habe den Griff nach dem Zopf nötig gemacht!

»Tochter, Tochter«, sagte die Mama und füllte Marions Teller mit einer doppelten Portion Erdäpfelgulaschsuppe. »Ich finde es ein wenig übertrieben, dass sich so eine kleine Laus wie du auch noch als reiner Unschuldsengel hinstellt! Und ich habe es satt, dauernd von irgendwelchen Papas oder Mamas wegen dir angerufen zu werden! Menschen, die man nicht leiden kann, die ignoriert man! Auf die geht man nicht los!«

Wahrscheinlich hätte die Mama ihre Erziehungsansprache noch lange fortgesetzt, doch der Maunz stoppte ihren Redefluss. Gerade in dem Moment, als die Mama zum Weiterreden Luft holte und den vollen Schöpflöffel über dem Teller vom Maunz entleerte, zog der – weil er Erdäpfelgulasch nicht mochte – seinen Teller blitzschnell weg und die ganze Schöpferportion klatschte teils auf die Hände vom Maunz, teils auf den Küchentisch. Und weil die Erdäpfelgulaschsuppe sehr heiß war und Kleinkinderhände eine sehr empfindliche Haut haben, brüllte der

Maunz höllisch laut los. Und den Teller ließ er natürlich auch fallen und der zerbrach auf dem Küchenboden zu hundert Scherben.
Die Mama trug den brüllenden Maunz ins Badezimmer und hielt seine Pfoten unter das kalte Wasser und wiederholte unentwegt: »Tut ja gar nimmer weh, war ja nur der Schreck, ist ja schon vorbei!« Was der Maunz, mit der Zeit, auch einsah.
Marion machte sich, um den guten Willen eines guten Kindes zu beweisen, ans Aufklauben der Scherben und an die Säuberung des Küchentisches und der vielen rundherum angesiedelten Gulaschspritzer. Der Minz half ihr dabei. »Und in Wirklichkeit waren es nur zehn Haare?«, fragte er enttäuscht.
»Na ja!« Marion grinste. »Es könnten auch zwanzig gewesen sein. Oder dreißig. Oder sechzig! Was weiß denn ich, wie locker die Haare in so einem Blödkopf sitzen!«
Der Minz griff sich an den Schädel und zupfte an seinen Haaren herum. »Bei mir sitzen sie ganz fest!«, rief er. »Geht kein einziges raus!«
»Bist ja auch kein Blödkopf«, sagte Marion.
»Du bist eine ganz, ganz Liebe!«, rief der Minz, sprang an Marion hoch, warf die Arme um ihren Hals und drückte sich ganz fest an sie.
Marion lachte. »Sag ich ja immer«, flüsterte sie ihrem Bruder ins Ohr. »Bloß gibt es ein paar Idioten, die das nicht glauben wollen!«

KERSTIN GIER

Jungs sind wie Kaugummi

Sissis Klassenlehrerin Frau Gürteler, genannt das Gürteltier, hat Sissis Mutter versprochen, dass sie und ihre Kollegen ihrer Tochter mehr Aufmerksamkeit schenken werden. Konkret bedeutet das, dass sie Sissi einen Mathenachhilfelehrer besorgt hat. Sissi findet das vollkommen unnötig, aber was soll man machen. Heute um drei ist der erste Termin. Sissis große Schwester Anna muss sie hinbringen und ist davon genauso wenig begeistert.

Als Anna mich zwei Stunden später wieder vor der Schule absetzte, zeigte sie auf die Uhr im Armaturenbrett und sagte mürrisch: »In genau einer Stunde bist du wieder hier, klar? Ich ruiniere mir so lange in der Eisdiele meine Figur. Deinetwegen.«

»Vielen Dank«, sagte ich. Ich hätte gern mit ihr getauscht, ein fettes Spaghetti-Eis statt Mathenachhilfe, das wär's gewesen. »Du könntest hingehen und dich als mich ausgeben«, schlug ich Anna vor. »Das wäre doch superlustig.«

»Das ist wohl kaum der Sinn der Sache«, sagte Anna, langweilig wie immer, und so machte ich mich höchstpersönlich auf den Weg zu E 5.

E 5 ist unser Klassenraum. Schon der Name ist öde, nicht wahr? Obwohl ich auf die Minute pünktlich ankam, war von meinem Nachhilfelehrer noch keine Spur zu sehen. Ich drückte probeweise die Klinke herab und siehe da – die Tür war offen. Na ja, im Grunde überraschte mich das nicht. Ich kann mir nicht vorstellen, dass jemand freiwillig in diesen Raum schleicht. Selbst die Putzfrauen ziehen nur eine müde Schleife über das Linoleum und zu klauen gibt es hier auch nichts.

Obwohl – Kreide konnte man eigentlich immer gebrauchen. Ich steckte mir ein paar Stücke in die Tasche. Dann öffnete ich die Fenster weit. Es stank nämlich hier vorne. Alkes Mundgeruch hing zwischen Pult und Tafel wie ein böser Fluch.

Durch die Zugluft fiel die Tür hinter mir ins Schloss.

Es war ein komisches Gefühl, so ganz allein in der Klasse zu stehen. Ich schlenderte durch alle Reihen und sah in die Fächer unter den Tischen. Das wenige, was ich fand, war ziemlich unappetitlich. Bei Melanie Nebelding lag eine Haarbrüste voller Haare, Valerie hatte ihr Französisch-Vokabelheft vergessen, unter Simon Drückers Tisch fand ich vier Handspiegel mit diversen Mitesserresten, bei Meinrad Sost verschimmelten Pausenbrote vom letzten Sommer. Außerdem klebte dort eine ganze Batterie Kaugummis in unterschiedlichen Grautönen – uah, erst Alkes Mundgeruch und jetzt auch noch das! Mein vitaminloses Tiefkühlbaguette kam mir beinahe wieder hoch, weshalb ich beschloss, lieber zu lesen, was auf den Tischen stand.

Es ist uns bei Androhung der Todesstrafe verboten, die Tische zu bekritzeln, aber eine alte Schülersitte lässt sich so ohne Weiteres nicht unterdrücken. Die kritzelfeindliche Resopaloberfläche unserer Tische war von mehreren Schülergenerationen gezeichnet worden und das konnte man sich zunutze machen. Wer konnte schon beweisen, dass nicht schon im letzten Jahr jemand *Alke ist doof* auf den Tisch geschrieben hatte? Das ist schließlich ein zeitloser Tatbestand, genau wie *Alke stinkt*. Das hatte jemand in der vorderen Reihe mit einem spitzen Gegenstand brutal in die Tischplatte geritzt.

Bei Simon Drücker stand *Clearasil ist voll die Verarsche*, das war in Anbetracht seiner Hautprobleme vielleicht ein bisschen verräterisch, wenn auch nicht ganz so wie beim Nebelding: Das hatte ungefähr vierzig Mal mit einem Permanentmarker *Melanie Nebelding* quer über das Pult geschrieben und sie würde wohl kaum jemandem weismachen können, dass ein Schüler vor ihr das Pult beschmiert hatte, sozusagen in weiser Voraussicht, dass hier einmal eine Melanie Nebelding sitzen würde.

Wirklich, das Nebelding war dumm wie ein Kotelett.

Leider war es bei uns nicht viel besser, musste ich feststellen. Bei Leni stand: *Liebe Leni, bitte sag Walli, sie soll Sissi sagen, dass ich mich gerade schrecklich langweile.* Und bei Valerie stand: *Liebe Walli, Kati lässt Sissi ausrichten, dass sie sich gerade schrecklich langweilt.* Und bei mir stand: *Liebe Sissi, Leni schreibt, dass Kati dir ausrichten lässt, dass sie sich gerade schrecklich langweilt.* Gut, dass wir den Rest dann über Briefchen und SMS geklärt haben. Was sollen zukünftige Schülergenerationen denn von uns halten? Na ja, schlimmer als *Wie heißt noch mal der Einäugige von Tokio Hotel?* und *Meinrad, wo ist dein Rad, das ist doch mein Rad* war es dann auch nicht.

Die interessanteste Entdeckung machte ich bei Jakob. Dort stand nämlich mein Name, *Sissi,* umrahmt von einem Herz. Nicht, dass mich das wirklich erstaunte, ich meine, das wusste eigentlich jeder, dass Jakob in mich verknallt war, aber es so filzstiftblau auf resopalbraun zu sehen, war irgendwie was anderes.

Jakob und ich waren schon im Kindergarten die besten Freunde und später in der Grundschule haben wir nebeneinandergesessen. Wir wohnten in derselben Straße. Früher hatten wir eine Seilbahn von Jakobs Kinderzimmerfenster zu meinem und darin transportierten wir Playmobil-Männchen und geheime Botschaften, geschrieben in einer Geheimsprache, die nur wir kannten. Leider musste die Seilbahn vor ein paar Jahren abgerissen werden, als Schulze-Reimpels, die Leute, die zwischen uns wohnen, ein weiteres Geschoss auf ihr Flachdach setzten. Jetzt gucke ich, anstatt zu Jakob rüber, direkt in das Zimmer von Oma Schulze-Reimpel und in diesem Zimmer passiert wirklich überhaupt nichts. Die Oma sitzt den ganzen Tag wie scheintot auf ihrem Sessel am Fenster und glotzt zu mir rüber. Ich habe schon mal überlegt, ob die Schulze-Reimpels sie nicht ausgestopft haben, damit sie weiterhin die Rente für sie kassieren können. Gruselig, den gan-

zen Tag von einer ausgestopften Oma beobachtet zu werden, oder?
Jakob ist jedenfalls bis heute der Einzige, dem ich je erlaubt habe, mit meiner Arielle-Barbie zu spielen, und das soll wirklich was heißen. Das Wasserschloss, das er mir für Arielle aus Schuhkartons gebastelt hat, habe ich immer noch. Es hat vier Türme und ist mit Glitter, Muscheln und anderen Meerestieren beklebt. Die Dachpfannen sind Fischschuppen aus grüner Glitzerfolie und alle Fenster kann man auf- und zumachen. Ich bewahre meine CDs darin auf und niemand sonst hat so ein cooles CD-Regal. Arielle sitzt auf dem Dach und passt auf.
Bis letztes Jahr oder so bin ich immer einen Kopf größer gewesen als Jakob, aber mittlerweile hat er mich überholt, und das freut mich für ihn, denn ich bin gerade mal ein Meter achtundvierzig groß und ich befürchte, so furchtbar viel werde ich wohl auch nicht mehr wachsen, meine Mama und Anna sind nämlich auch so kleine Stumpen von knapp eins sechzig.
Wie gesagt, ich wusste, dass Jakob in mich verknallt war, das ist er schließlich seit dem ersten Schuljahr, und hey, man muss schon ganz schön doll verliebt sein, wenn man einem Mädchen ein Glitzerschloss aus Schuhkartons bastelt, aber bisher hatte er noch nicht öffentlich darüber geredet. Dass er den Namen jetzt gleich in ein Herz schrieb, war mir irgendwie gar nicht recht. Ich meine, ich mochte Jakob wirklich sehr, manchmal sogar noch lieber als meine Eltern und vielleicht sogar unseren Kater Murks, aber deshalb würde ich seinen Namen nicht gleich in ein Herz

schreiben. Ich versuchte, den Filzstift mit etwas Spucke zu verwischen, aber es klappte nicht, ich bekam nur eine blaue Fingerkuppe davon. Schließlich resignierte ich und sah auf die Uhr. Schon Viertel nach drei. Der Nachhilfefritze würde wohl nicht mehr kommen.

Ich kann nicht sagen, dass ich darüber betrübt war. Im Gegenteil, jetzt konnte ich mich zu Anna in die Eisdiele aufmachen, um gleichermaßen meine Figur zu ruinieren. Ich würde Fruchteis nehmen, beschloss ich. Ein paar Vitamine braucht schließlich jeder Mensch.

Als ich die Tür öffnete, fiel ein Junge ins Klassenzimmer, der mit dem Rücken dagegengelehnt hatte. Er konnte sich gerade noch fangen.

»'tschuldigung«, sagte ich und wollte an ihm vorbei.

»Hey!« Der Junge hielt mich am Ärmel fest. »Kennst du vielleicht eine Elsbeth Raabe? Die sollte schon vor einer Viertelstunde hier sein.«

Oh nein! Das war der Nachhilfelehrer. Doch kein Eis für mich.

»*Ich* bin Elisabeth Raabe«, sagte ich seufzend. »Aber alle nennen mich Sissi.«

»Scheiße«, sagte der Junge.

»Nein – *Sissi!«* Ich sah mir den Typ genau an. Er war groß und trug Jeans mit Löchern. Seine Haare waren ziemlich lang und fielen in zerzausten Strähnen in sein Gesicht. Aber sie sahen frisch gewaschen aus und waren von einem sehr hellen Blond.

»Du solltest doch um drei hier sein«, sagte er unfreundlich.

»Das war ich ja auch.« Durch die blonden Haarsträhnen sah ich immerhin ein Auge, und das war so blau, dass es schon fast unecht wirkte. Entweder der Typ trug farbige Kontaktlinsen oder er hatte Augen wie ein Wick-Hustenbonbon.

»*Vor* der Tür«, sagte er. »Wir waren *vor* der Tür verabredet. Ich wollte gerade gehen.«

»Ich auch.« Ich sah nicht ein, warum ich die ganze Schuld auf mich nehmen sollte. Wenn er ein bisschen intelligent gewesen wäre, hätte er mal reingeguckt. Das hatte ich ja schließlich auch getan.

Er sagte nichts mehr, guckte mich nur griesgrämig an. Ich wartete einige Sekunden ab. Wir steckten wohl in einer Art kommunikativer Sackgasse.

»Und jetzt?«, fragte ich.

»Jetzt haben wir nur noch eine halbe Stunde«, knurrte er und latschte vor mir in den Klassenraum. »Aber dass das klar ist, ich nehme trotzdem das Geld für die volle Zeit. Ist ja nicht meine Schuld.«

Ist auch nicht mein Geld, dachte ich und folgte ihm achselzuckend. Wenigstens roch er nicht ekelhaft und hatte auch keins dieser unappetitlichen Bärtchen, die sich so viele Jungs an unserer Schule wachsen ließen, einmal rund ums Kinn oder in merkwürdigen Linien quer durchs Gesicht, keine Ahnung, was das sollte, ich kannte jedenfalls kein einziges Mädchen, das darauf stand.

Mein bartloser Nachhilfelehrer deutete auf einen Tisch in der ersten Reihe, ausgerechnet auf Nebeldings Platz. »Setz dich.«

Ich setzte mich zwei Plätze weiter.
Ein Wick-Hustenbonbon-Auge guckte genervt zwischen den Haaren hindurch, als der Typ sich auf den Stuhl neben mich setzte und einmal vernehmlich aufseufzte. »Okay, also, kann ich mal dein Mathebuch sehen und dein Heft?«
»Wie heißt du bitte?«, fragte ich. *Hallo?* Noch unhöflicher ging's ja wohl nicht.
Wieder ein Seufzer. »Konstantin Drücker«, sagte er dann und strich sich die Haare aus dem Gesicht. Ich sah, dass das andere Auge genauso blau war. Wahnsinn. »Ich hab echt nicht den ganzen Tag Zeit.«
»Drücker?«
Noch ein Seufzer. »Mein Bruder Simon müsste in deiner Klasse sein.«
In der Tat. Das war er. Simon und seine Handspiegel. Ich suchte in Konstantins Gesicht nach Ähnlichkeiten mit Simon. Sie waren durchaus vorhanden: die gleiche lange Nase, eine ähnliche Augenpartie, nur vom armen Simon nahm man eben zuerst die Akne und den Schweißgeruch wahr. Ich fand, es gehörte wirklich Charaktergröße dazu zuzugeben, dass man mit Simon verwandt war.
»Trägst du Kontaktlinsen?«, fragte ich.
»Was? Nein«, sagte Konstantin. »Also, fangen wir endlich an oder möchtest du noch wissen, ob ich Nagellack benutze?«
»Nein«, sagte ich. Also wirklich!
»Was nehmt ihr gerade durch?«
Ich schob ihm meine Mathesachen rüber. »Winkel und Dreiecke und so was«, sagte ich.

»Geometrie!« Konstantins Miene hellte sich auf. Als er die erste Zeichnung erblickte, lächelte er sogar. Er hatte schöne Zähne, blendend weiß, ein wenig nach innen gekippt. In seinen Mundwinkeln bildeten sich niedliche Grübchen. Ich weiß nicht warum, aber in diesem Augenblick wünschte ich mir, selber eine Matheaufgabe zu sein. In meinem Magen machte sich ein seltsames Gefühl breit. Erst wollte ich es auf die Tiefkühlbaguettes schieben, aber dann merkte ich, dass es an Konstantin lag. Konstantin schlug mir auf den Magen. Und dann auch auf die Lunge: Plötzlich konnte ich gar nicht mehr normal atmen.

»Wunderbar«, sagte Konstantin. »Dann fangen wir mal an. Zeichne einen Winkel von hundertvierundvierzig Grad und unterteile ihn in vier gleich große Teilwinkel.«

Jetzt klopfte auch noch mein Herz wie verrückt. Was zur Hölle war denn nur mit mir los?

»Kannst du Erste Hilfe?«, fragte ich.

Konstantin sah mich verwirrt an. Diese Bonbonaugen! Über dem linken Auge teilte eine kleine weiße Narbe die Augenbraue. Die Art und Weise, wie er seine Augenbrauen jetzt zusammenzog, sodass sich über der Nase eine unwillige Doppellinie bildete, ließ auch noch meine Knie ganz weich werden.

Da wusste ich, was mit mir los war. Die weichen Knie kamen nämlich in fast jedem Buch, Film oder Song vor. Und sie bedeuteten immer nur das eine.

»Du – sollst – die – sen – Win - kel – zeich - nen«, sagte Konstantin ganz langsam.

Aber das konnte ich beim besten Willen nicht. Ich hatte

mich nämlich soeben verliebt, zum ersten Mal in meinem Leben.
Es fühlte sich seltsam an, wie der Beginn einer schlimmen Grippe kombiniert mit dem mulmigen Gefühl, das man hat, wenn man dem Buskontrolleur sagen muss, dass man den Fahrausweis zu Hause vergessen hat – und doch war es ein gutes Gefühl.
Wären wir in einem Buch, einem Song oder einem Film gewesen, hätte Konstantin jetzt das Geometriearbeitsheft zur Seite geschoben und mich geküsst.
Aber ganz offensichtlich schien er meine Gefühle nicht zu teilen – eher im Gegenteil. Seine Augenbrauen trafen sich in der Mitte, so finster guckte er mich an. »Hör mal, Elsbeth, kriegst du überhaupt die Zähne auseinander oder bist du tatsächlich so blöd, wie du dreinschaust?«
Er mochte mich nicht. Er fand mich blöd. Und er nannte mich ELSBETH.
Okay, das waren definitiv keine guten Voraussetzungen. Aber es machte nichts. Ich war so schlecht in Mathe, dass wir noch genug Zeit miteinander verbringen würden. Früher oder später würde er meine Qualitäten schon erkennen.
Für heute aber hatte ich genug. Ich erkannte eine festgefahrene Situation, wenn ich sie vor mir hatte. Es war Zeit für einen strategischen Rückzug und die Sissi-Raabe-Magenverstimmungs-Show.
»Ich habe schreckliche Bauchschmerzen«, sagte ich. »Die Tablette wirkt nicht, außer, dass sie ganz schwindelig im Kopf macht. Meinst du, wir können die Stunde verschie-

ben?« Und ehe Konstantin böse werden konnte, setzte ich hastig hinzu: »Natürlich bezahle ich trotzdem.«

»Von mir aus«, sagte er. »Aber ich kann erst wieder nächsten Donnerstag.«

»Gut«, sagte ich. Dann hatte ich eine ganze Woche Zeit, mich auf ein neues Zusammentreffen vorzubereiten. Ich überreichte Konstantin die acht Euro, die mit Mama und dem Gürteltier als Honorar vereinbart worden waren.

Er bedankte sich nicht. »Das kann ja heiter werden«, sagte er nur.

Er mochte mich nicht. Noch nicht.

Mit vorgebeugtem Oberkörper, die Hand auf den Magen gelegt, schlurfte ich von dannen, wie es sich für eine Todkranke gehört.

Und ein bisschen so fühlte ich mich auch. Krank vor Liebe. Aber ich war mir ziemlich sicher, dass man daran nicht sterben konnte. Oder vielleicht doch?

»Die große Liebe kommt entweder schleichend oder mit einem großen Knall«, sagte ich, weil ich das mal irgendwo gelesen hatte und es mir jetzt wieder einfiel. »Das ist bei jedem anders. Ich bin offenbar der Große-Knall-Typ und was für ein Typ bist du?«

»Auf jeden Fall habe ich keinen Knall«, reimte Anna. Wie zu erwarten, hatte sie noch in der Eisdiele gesessen, vor zwei leeren Milchshakegläsern. Sie wollte sofort nach Hause und erlaubte mir nicht, einen Eisbecher zu bestellen. Dabei hatte ich auf den Schreck hin unbändigen Appetit auf etwas Süßes bekommen. Ich nahm ersatzweise vier Eiskugeln in der Waffel auf die Hand, Tiramisu, After Eight, Heidelbeere und Stracciatella, die ich auf dem Weg zum Auto vertilgte.

»Ich meine es ernst ...« Ich stockte. Dummerweise kreuzte nämlich Konstantin in etwa zwanzig Meter Entfernung unseren Weg und er sah genau in unsere Richtung. Ich blieb erschrocken stehen. Selbst auf diese Entfernung musste mein Eis riesenhaft aussehen, und nicht wie etwas, das eine Magenkranke anstelle von Medizin einnehmen würde.

»Halt mal«, sagte ich zu Anna, drückte ihr das Eis in die Hand und bückte mich hastig, als ob ich meine Schnürriemen neu knoten müsste. Vielleicht glaubte Konstantin ja, dass ich das Eis nur für Anna getragen hatte. Vielleicht hatte er mich auch gar nicht erkannt.

Als ich wieder hochkam, war von ihm keine Spur mehr zu sehen.

»Hey«, sagte ich zu Anna. »Ich hab nicht erlaubt, dass du dran leckst! Gib her, das ist mein Eis!«

»Knalltüte«, sagte Anna.

IRMA KRAUß

Meerhexe

Wenn man nicht gerade die Figur eines Supermodels hat, also, um genau zu sein, der Bauch einem Rettungsring gleicht, dann kann ein Ausflug ins Schwimmbad zur echten Qual werden. Allein die Vorstellung, sich in einen Badeanzug zwängen zu müssen und dabei wie eine Wurst in der Pelle auszusehen, verursacht Madeleine Bauchschmerzen. Ab morgen steht im Sportunterricht Schwimmen auf dem Plan. Wenn kein Wunder geschieht, wird das morgen der oberpeinlichste Horrortag überhaupt.

Mein roter Badeanzug zwickt. Der grüne auch. Ich habe es geahnt. Und morgen gehen wir zum ersten Mal in diesem Jahr schwimmen! Ich stehe vor dem Spiegel und zerre an dem roten Ding. »Bäh!«, sage ich zu der Blutwurst im Spiegel und zeige ihr eine lange rosarote Zunge. Ich glaube, meine Zunge ist noch das Eleganteste an mir. »Du wirst abgeschafft«, erkläre ich dem Spiegel, der nichts dafür kann. Mich packt trotzdem die Wut auf ihn. Ich bücke mich nach dem grünen Badeanzug, knülle ihn in der Hand und schleudere ihn gegen den Spiegel. Der wackelt, aber nicht sehr. Ich gucke mich um. Vielleicht die scheußliche Tasse von meiner besten Freundin Britta? Auf der Tasse ist ein Walross. Ich habe sie von Britta zum Geburtstag geschenkt bekommen. Warum, das will ich gar nicht so genau wissen. Aber von der Ähnlichkeit mit mir abgesehen, ist das Walross eigentlich süß. Außerdem mag ich nicht hunderttausend Spiegelscherben einsammeln.

Ich greife mir eine Handvoll Schmierblätter aus dem Papierkorb. Die bestreiche ich mit Klebstoff. Klatsch, an den Spiegel damit. Klatsch, noch ein Zettel, klatsch, wie eine Ohrfeige.

Die Wurst in der roten Pelle verschwindet allmählich. Bald ist sie ganz weg. Oben sehe ich noch eine Lücke zwischen zwei Blättern, genau auf Augenhöhe. Kann bleiben, beschließe ich und schraube den Klebestift zu. So grüne Augen wie ich hat schließlich nicht jede! So blitzgrüne, funkelnde. Was, versuche ich, mich zu überzeugen, ist dagegen schon ein hübscher Bauchnabel? Im Winter ist der weg, überhaupt nicht zu sehen. Aber meine Augen, die funkeln auch, wenn es kalt ist.

Ausgiebig begucke ich mir das rechte Auge in der Lücke und danach das linke. Einwandfrei schön, ganz ohne Zweifel, die Wimpern und die Brauen auch. Ich sollte vielleicht Muslimin werden und einen Tschador tragen, dann sieht man nichts mehr von mir als meine grünen Blitzaugen. Wie bei Rahime aus meiner Klasse. Die ist eine strenggläubige Muslimin und ihr schwarzer Tschador lässt nur die Augenschlitze frei.

Als ich mir den roten Badeanzug runterrolle, bemühe ich mich, meinen Bauchnabel nicht zu beachten. Ich weiß sowieso, wie der aussieht. Wie ein Versehen. Eine mickrige, kleine Falte, zusammengequetscht vom Speck.
Ich ziehe mich an und gehe zu meiner Mutter hinüber. Sie sitzt am Flügel. Wenn sie zu Hause ist, spielt sie ständig. Ich habe sie schon die ganze Zeit gehört und dabei in Gedanken ihre Finger gesehen, wie sie schlank und schön über die Tasten fliegen.
Meine Mutter ist Konzertpianistin. Trotz ihrer fünfunddreißig Jahre sieht sie umwerfend gut aus. Schmal, zart und vollkommen. Es ist nicht nur eine Freude, ihr zuzuhören, stand mal in der Zeitung, sondern auch, sie anzuschauen. Sie und ein Flügel passen in ihrer Eleganz perfekt zusammen.
Bei mir ist das nicht der Fall. Kann sein, dass ich deswegen mit dem Klavierspielen wieder aufgehört habe – unter anderem.
Ich stehe in der offenen Tür und verstecke meine Wurstfinger unter dem Hemd. Dort ist Platz, es ist ein Hemd von meinem Vater. Oma hat die Manschetten abgeschnitten. Nicht ohne zu jammern: »Muss das wirklich sein? Es gibt so schöne Sachen für Mädchen! Und nur weil du glaubst, dass du zu dick bist . . .«
»Dann mach ich's eben selbst«, hab ich gedroht. »Und du bist schuld, Oma, wenn ich ausgefranst rumlaufe. Einen Saum nähen kann ich nicht.« Seitdem habe ich noch zwei weitere Hemden meines Vaters ins Auge gefasst. Die muss ich Oma demnächst bringen.

Meine Mutter spürt, dass jemand da ist. Sie guckt sich während des Spiels um, lächelt ein bisschen und bringt das Stück zu Ende. Danach fährt sie sich mit ihren schlanken Fingern durchs Haar und streckt den Rücken durch.

»Komm, Madeleine«, sagt sie. »Ich hab sowieso eine Pause nötig.« Niemand spricht meinen französischen Namen geschmeidiger aus als sie. Dazu klopft sie neben sich auf die Klavierbank.

Da mag ich aber nicht sitzen, jedenfalls nicht so dicht bei meiner Mutter. Ich nehme ihr irgendwas übel. Ja, genau, ich finde es ungerecht, dass sie mit fünfunddreißig, wo das gar nicht mehr wichtig ist, die Figur hat, die ich haben sollte.

»Wollte nur sagen, dass ich einkaufen gehe«, gebe ich forsch von mir.

»Was brauchst du denn?« Meine Mutter versucht, interessiert zu klingen.

»Einen Tschador«, murmle ich.

»Wie?« Sie reißt die Augen auf.

Ich grinse. »Hab mich versprochen. Einen Badeanzug.«

»Das mag ich an dir, deinen Witz«, sagt sie anerkennend. Lieber würde ich hören, dass ich doch wirklich nichts unter einem Tschador zu verbergen hätte, bei meiner Figur. Meine Mutter verkneift sich aber die Lüge und rät mir zu einem *sportlichen* Teil.

»Du weißt schon«, sagt sie, »wie bei den Profischwimmerinnen. Bist ja auch fast eine.«

Aha. Ein solcher Badeanzug kommt einem Tschador so

nahe wie nur möglich. Da reißt das Kompliment auch nichts mehr raus.

»Mal sehen, was ich finde«, sage ich mutlos. Eine normale Mutter würde mir dabei helfen, sie würde sich wirklich dafür interessieren, wie ihre Tochter aussieht.

»Wenn ich nicht die Tournee vor mir hätte ...«, meint sie vage.

Sie hat immer eine Tournee vor sich. Eigentlich ist sie eine Rabenmutter.

»Vielleicht kauf ich mir lieber einen Bikini«, sage ich lauernd.

»Oh?« Meine Mutter zieht die Stirn in Falten. Sie muss auf einmal was in ihren Noten suchen und murmelt dabei: »Probier doch einfach alles an. Du wirst schon sehen, was dir steht. Warum nimmst du nicht Britta mit?«

Immerhin macht sie sich Sorgen. Und immerhin kennt sie den Namen meiner besten Freundin. Das ist wahrscheinlich das Höchste, was man von einer Frau verlangen kann, die total auf Klaviertasten abgefahren ist. Erbittert stapfe ich davon.

»Madeleine?«

»Ja?«

»Das Hemd, das du anhast – kenne ich das von irgendwoher?«

»Allerdings«, gebe ich zurück.

»Aber gekauft hab ich es dir nicht?«

»*Mir* nicht.« Damit lasse ich sie ratlos sitzen, wie mir ein letzter Blick zeigt.

Es sollte mich ja eigentlich zufriedenstellen, dass sie über

ihren Tasten auch das vergessen hat. Sie hat das Hemd letzten Sommer meinem Vater von ihrer Italien-Tournee mitgebracht. Hintendrauf ist eine kleine Insel mit einer Palme. Darunter steht: *Meet me here.* Jeder Trottel weiß, was *Meet me here* heißt und dass es eine süße, kleine Einladung ist. Und ein Versprechen, mal Zeit für meinen Vater zu haben. Aber meine Mutter hat das Hemd wahrscheinlich nur wegen der leuchtend blauen Farbe gekauft. Wenn ich es recht bedenke, muss es für meinen Vater eine Wohltat sein, dass ich ihn von dem Hemd befreit habe. Und von einem leeren Versprechen. Außerdem hat er unzählige solcher Dinger; das hier hab ich seit einem Dreivierteljahr nicht mehr an ihm gesehen. Er denkt schon längst nicht mehr dran, genau wie meine Mutter.
»Madeleine? Brauchst du Geld für den Badeanzug?«
»Ich kann's auslegen!«, rufe ich zurück.
»Gut.« Meine Mutter atmet tief ein. Ein paar Sekunden später kämmt ein perlender Lauf aus dem Flügel. Er fegt uns weg, mich und den Badeanzug und alles andere auch.

Oma und ich trinken Limo. Ich nehme den neuen Badeanzug aus der Tüte und zeige ihn ihr.
»Zieh ihn doch an«, schlägt sie vor. »Wenn er an deinem Finger hängt, ist er lappig und ich kann gar nichts erkennen.«
Aber ich rede mich raus. Dass es zu heiß ist zum Umziehen und dass ich zu faul bin. In Wirklichkeit möchte ich nicht mal vor meiner Oma im Badeanzug dastehen. Mit mir drin würde der alles andere als lappig aussehen.

Oma hebt bedauernd die Hände und steht auf. »Ich mach jetzt Abendbrot. Bleibst du zum Essen? Onkel Bangemann kommt auch.«
»Ach, nein, danke. Ich sollte lieber ...«
Auf Onkel Bangemann, ihren Freund, bin ich nicht extra scharf. Er macht so ein Getue um mich und schaut mich an, als hätte ich eine Oberweite wie Britney Spears. Dabei ist mein Busen gerade mal eine Speckfalte mit zwei rosa Hütchen dran.
Ich will aber nicht ungerecht sein. Ich glaube nicht, dass Onkel Bangemann ein altes Ferkel, sondern einfach nur nett und unbefangen ist. Nette, unbefangene ältere Herren denken sich vielleicht nichts dabei, ein Mädchen so anzugucken. Aber ich mag es eben nicht. Ich mag auch nicht, wenn er sich nach der Schule erkundigt oder wissen will, ob ich schon einen Freund habe.
Ich, einen Freund! Selten so gewiehert.
Oma schließt im Vorübergehen den Deckel ihres Klaviers. Sie unterrichtet für die Musikschule, aber die Schüler kommen zu ihr nach Hause. Sie hat meinem Vater schon Unterricht gegeben, als er noch ganz klein war. Und sie ist stolz darauf, dass er es weiter gebracht hat als sie. Er ist nämlich Klavierlehrer am Konservatorium.
Die drei wichtigsten Menschen in meinem Leben spielen Klavier. Das reicht, finde ich. Es ist ein weiterer Grund, warum ich selbst damit aufgehört habe.

Daheim wartet Britta auf mich. Sie sitzt auf der Eingangstreppe. Die Arme hat sie nach hinten gestützt. Ich sehe ihren hübschen Bauchstreifen und darüber das winzige Top. Die Tüte neben ihr gleicht meiner aufs Haar. Glück gehabt, dass wir uns im Laden nicht über den Weg gelaufen sind! In einer Umkleidekabine bin ich nämlich am liebsten allein.

»Hey«, ruft sie und steht auf, »deine Mutter hat gesagt, du bist auch einen Badeanzug kaufen gegangen! Warum haben wir's nicht zusammen gemacht?«

Ich klemme meine Tüte hinten in den Hosenbund und breite die Arme aus. »Für meine Größe gab's keinen«, behaupte ich.

Britta grinst. Sie greift um mich herum und schnappt sich meine Tüte. »Ich hab einen süßen gelben Bikini gekriegt. Und du?« Sie schaut hinein. »Oh!« Kurze Pause. »Schwarz steht dir bestimmt ganz toll!«, meint sie dann und zieht das Ding heraus.

»Sicher«, knurre ich.

In meinem Zimmer steigt Britta ungeniert aus ihren Klamotten. Ich will ja nicht starren, aber manchmal muss ich eben genau das anglotzen, was mir am meisten wehtut. Eine richtige Mädchenfigur nämlich. Mit schmaler Taille, kleinem Po und den dazu passenden niedlichen Brüsten. Was ist nur bei mir schiefgelaufen? Warum bin ich so ein plumpes Monster? Ich war doch nicht immer so. Erst letzten Sommer hat das angefangen.

Der gelbe Bikini passt Britta wunderbar. Sie will sich im Spiegel betrachten, aber das geht nicht. »Ist das neuerdings deine Pinnwand?«, sagt sie und versucht, die Schmierzettel auf meinem Spiegel zu lesen.

»Nein, mein Papierkorb. Aber bei meiner Mutter ist noch ein Spiegel und im Bad haben wir auch einen.«
»Dann geh ich ins Bad«, sagt Britta.
Ich, wenn ich mit zwei gelben Streifchen bekleidet wäre, würde die Tür sehr vorsichtig öffnen und erst mal rausäugen, ob die Luft rein ist. Nicht so Britta. Sie marschiert frei und fröhlich zum Bad. Die Tür ist abgeschlossen.
»Oh«, sagt Britta und wartet. Ich frage mich zum x-ten Mal, wie verrückt ich eigentlich bin. Muss ich mir ausgerechnet so ein hübsches Mädchen zur Freundin aussuchen? Aber ich mag sie sehr und bin nur selten ein bisschen neidisch. Sie gibt mit ihrem guten Aussehen überhaupt nicht an, sie hat es eben, basta. Sie ist außerdem nett und zieht niemanden durch den Kakao.
Plötzlich macht jemand die Badezimmertür auf. Es ist Kenneth Smith, der englische Tenor, mit dem meine Mutter heute wieder probt. Sie wird mit ihm zusammen auf Tournee gehen und seine Lieder begleiten.
Wenn man Kenneth Smith heißt, macht man es den Menschen sehr schwer. Jeder, der seinen Namen aussprechen will, kommt ins Stottern und Zischeln. Ich denke, das ist der Grund, warum Kenneth immer gleich vorschlägt, dass man einfach Ken sagen soll. Er spricht übrigens hervorragend Deutsch. Mit einem britischen Akzent, in den man sich augenblicklich verlieben muss – ich wenigstens. Seit zwei Wochen (so lange ist Ken schon in der Stadt) bin ich heimlich ihn verknallt. Leider hat er nur Augen für meine Mutter. Dabei ist er zehn Jahre jünger als sie! Er hat außerdem nicht nur einen süßen Akzent, sondern auch eine

schlanke Figur, bei Tenören soll das selten sein. (Tenöre und Sopranistinnen sind meistens fett. Keine Ahnung, woher ich diese Weisheit habe.)
Ken stutzt bei Brittas Anblick. Er macht einen Bogen um sie und schnalzt verblüfft mit der Zunge.
Ich warte nicht, bis meine Freundin endlich kichernd im Bad verschwindet, sondern drücke meine Zimmertür zu. Noch nie hat Ken mit der Zunge geschnalzt, wenn er mir in der Diele begegnet ist. Klar, im Vergleich zu Britta bin ich ein Plumpudding.

Das wirklich Gute am Schwimmen ist das Wasser. Es macht alle gleich, wenn man nicht genau hinschaut. Man taucht ein und ist weg. Nur noch der Kopf ragt raus und dagegen habe ich ja nichts. Ich sollte meine Haare erwähnen. Die sehen nass nicht schlechter aus als die Haare anderer Mädchen. Trocken schon. Trocken bin ich nicht mit ihnen zufrieden, weil sie sich für keine Farbe entscheiden können. Mal kommen sie mir blond vor und mal braun. Außerdem sind sie furchtbar dünn und glatt.
Aber wenn ich mich hier so umschaue, siehe da: Auch die anderen Mädchen haben nasse, glatte, dünne, hingeklatschte Haare. Ich bin dafür, dass die Schule in Zukunft im Wasser stattfindet. Gleiche Chancen für alle.
Nur hineinkommen muss man erst mal. Am Beckenrand liegen zwei Häufchen. Das eine ist mein Badehandtuch (jadegrün), das andere gehört Heidi (bunt). Heidi ist noch viel fetter als ich. Mein Glück, denn es lenkt die anderen von mir ab.

Ich war als Allererste im Wasser und habe die Blicke gesehen und das Gekicher gehört, als Heidi angewackelt kam. Sie ist außerdem keine gute Schwimmerin. Ängstlich hat sie gewartet, bis alle drin waren. Das war sehr unklug von ihr. Sie hätte es so machen sollen wie ich – nix wie rein. Stattdessen hörte sie sich sogar noch eine freundliche Extraaufforderung von Frau Mallich an, bevor sie umständlich ihr Badetuch ablegte. Das Gekicher wurde unüberhörbar. Heidi guckte keinen an und nahm ihren ganzen Mut zusammen. Platsch!, machte es.
Einer von den Jungs grölte: »Scheiße, das Bad läuft über!«
Ich war froh, dass ich nicht an Heidis Stelle war. Das Wasser schwappt übrigens ständig aus dem Becken. Nicht zuletzt wegen Fabian, diesem ungeheuren Dicksack, an dem alles wabbelt und der trotzdem wie ein Gummiball raus- und reinhüpft, immerzu, mit seinem nervigen Angebergeschrei. Hat der Typ noch nie in einen Spiegel geschaut? Und warum grölen sie eigentlich bei ihm nicht?
Vier Mädchen sehen nur zu. Das sind Franziska und Denise, die ihre Tage haben. Außerdem Rahime und Aysun, die am Schwimmen nicht teilnehmen müssen, weil sie sich vor Jungen nicht ausziehen.
Franziska und Denise räkeln sich auf der Bank in der Sonne. Rahime und Aysun hocken im Schatten und schwitzen bestimmt auch dort noch unter ihren vielen Tüchern und Röcken. Also, ehrlich gesagt möchte ich lieber doch keine Muslimin sein.
Frau Mallich ist heute nicht im Badeanzug. Vielleicht hat sie auch ihre Tage. Sie lässt uns auf Zeit schwimmen. Ich

gebe mein Bestes, ich will eine gute Note. Nur drei Jungen sind schneller als ich, die Mädchen liegen bei der Auswertung alle hinter mir. Was bestätigt, dass man im Wasser nicht unbedingt stromlinienförmig sein muss. (Sind Walrösser eigentlich stromlinienförmig?)

Ich sehe, wie Heidi unbeholfen aus dem Wasser klettert und ihr Badetuch an sich reißt. Dann wickelt sie sich hinein und klappert mit den Zähnen, als würde sie fürchterlich frieren. Sie lässt sich als bunter Koloss am Beckenrand nieder, am Ende der Reihe der anderen Mädchen, die in der Sonne sitzen, kein Handtuch brauchen und mit den Beinen baumeln.

Frau Mallich fordert alle auf, die es können, einen Startsprung vorzuführen. Damit die anderen daraus lernen. Ein paar Mädchen beteiligen sich und viele Jungen. Der Rest schaut zu. Nicht dass ich keinen Startsprung könnte. Aber dazu müsste ich mich deutlich sichtbar auf den Startblock stellen. Nein, danke.

»Sag mal, Madeleine«, Britta stößt mich mit der großen Zehe an den Oberarm, was möglich ist, weil sie am Beckenrand sitzt und ich im Wasser stehe. Ich bin dort schon festgewachsen. »Wird's dir nicht langsam kalt?«

»Ooch, nee. Wie du weißt, hab ich eine schützende Speckschicht.« (Komisch, ich kann leichter darüber reden, als dass ich mich zeige.)

Britta kichert. Ich grinse schief und unterdrücke einen Zitterkrampf, sonst gibt's hier nämlich gleich hohen Seegang, an meinen Schultern kräuselt sich schon das Wasser. Wenn ich nicht erfrieren will, muss ich jetzt wohl oder übel meinen neuen, sportlichen schwarzen Badeanzug vorführen, der an mir so sportlich aussieht wie an einem Gymnastikball. Bevor ich mich aber dazu aufraffen kann, schwimmt plötzlich was großes Grünliches auf der Wasseroberfläche. Es bewegt sich, saugt sich voll und schwappt dann unter Wasser hin und her.

Mein Blick fährt dorthin, wo mal ein jadegrünes Häufchen am Beckenrand lag. Das Häufchen ist weg. Dafür steht Simon an der Stelle, verschränkt lässig die Hände auf dem Rücken, guckt nach den Vögeln und schlendert zu drei anderen Jungen hinüber. Die erwarten ihn mit breitem Grinsen.

»Simon, du Schwein!«, brülle ich. So was macht mich echt heiß. Ich bin aus dem Becken, bevor noch mein Schrei verklungen ist.

Simon versteckt sich hinter seinen Freunden. Das soll ihm nichts nützen. Ich komme, ich bin bereit, sie alle niederzuwalzen. Simon sucht sein Heil im Wasser. Wie dumm von ihm! Denn schon mit meinem Startsprung habe ich ihn erreicht. Ich packe ihn an den Schultern und lasse ihn kräftig trinken, bis Frau Mallich mit schriller Stimme schreit: »Hör auf, Madeleine, hör auf!«

Sie steht vornübergebeugt am Beckenrand, ihre Augen sind aufgerissen, der Mund auch. Sie ist drauf und dran, im Kleid reinzuspringen, um Simon, den Trottel, zu retten.

Ich lasse ihn los und sehe erst jetzt, dass die ganze Klasse da draußen versammelt ist und die Luft anhält. Simon taucht auf. Er prustet und keucht und spuckt. Dann fängt er an, wild nach mir zu schlagen. Dabei bin ich längst fertig mit ihm, seinetwegen lade ich mir doch keinen Mord auf!

»Hol mein Handtuch raus«, sage ich so eisig, wie mir ist. Auch ich atme schwer, natürlich.

»Warst du das?«, fragt Frau Mallich Simon und zeigt auf mein abgesoffenes Badehandtuch.

Simon, die Ratte, antwortet nicht.

»Jaaa!«, kommt es vielstimmig aus Brittas Ecke.

»Hol es heraus!«, befiehlt Frau Mallich in einem Ton, der Simon sehr schnell abtauchen lässt.

»Entschuldige dich«, bellt sie etwas verfrüht, denn er kann sie noch gar nicht hören.

Mich zieht sie heraus, dann wickelt sie mich in eins der Badetücher, die ihr die Mädchen auf ihren Wink hin gebracht haben. Sie beobachtet mich, als wäre ich jederzeit imstande, sie mit dem Kopf ins Becken zu tauchen und blubbern zu lassen. Dazu murmelt sie: »Wie kann man nur so überreagieren, Madeleine? Was ist denn in dich gefahren? So ein Jähzorn, weißt du, der kann einem ja ... der kann einem ja Angst machen!«

»Die Ratte hat höchstens einen halben Liter geschluckt«, sage ich zahm und lächle Frau Mallich beruhigend an. Niemals würde ich sie blubbern lassen. Denn sie hat mich zu keinem Demo-Startsprung gezwungen, obwohl sie von früher her weiß, wie gut ich bin. Sie hat mich auch nicht gefragt, ob mir nicht zu kalt im Wasser sei. Und sie hat mich sofort in ein trockenes Badetuch gewickelt. Ich glaube, sie hat mehr Einfühlungsvermögen als meine beste Freundin Britta.

Als wir uns anziehen, ist ein großes Hallo in unserem Raum. »Dem hast du's gegeben, Madeleine«, kriege ich begeistert zu hören. Bis auf Carolin, die schon mal mit Simon Händchen gehalten hat und jetzt aufs Klo verschwunden ist, sind alle auf meiner Seite. Das nennt man wohl Solidarität. Sogar Heidi schaut mich gedankenvoll an. Rahime und Aysun, die zu Hause den Männern und Jungen gegenüber auf Unterwürfigkeit getrimmt werden, betrachten mich voller Respekt und heimlichem Grausen – sie sehen plötzlich aus, als würden sie in ihren dicken Klamotten frieren.

Mir ist nicht mehr kalt, mir geht's jetzt richtig gut. Ich bin ausnahmsweise mal ganz und gar mit mir zufrieden.

PATRICIA SCHRÖDER

Beste Freundin, blöde Kuh!

Wenn die jahrelange Freundschaft mit der besten Freundin in die Brüche geht, weil die sich auf einmal nur noch für Jungs und Klamotten interessiert, muss man sich für die plötzlich endlos langen Nachmittage eine neue Beschäftigung suchen. Miri versucht es mit Fußball. Aber wirklich überzeugt ist sie davon auch nicht.

»Deine Turnschuhe sind eigentlich ungeeignet«, sagt Herr Diebutz. »Du solltest dir zum Spielen ein Paar gute kaufen.«
»Nur zum Fußballspielen? Aber ich weiß doch überhaupt noch nicht, ob ich das wirklich machen will.«
»Miriam, ich habe nicht von Stollen gesprochen, sondern von Sportschuhen. Die kannst du später zu jeder Gelegenheit anziehen.«
Saskia nickt. »Mit diesen Stoffläppchen wirst du niemals richtig schießen können.«
Womit sie wohl recht hat. Es tut so irrsinnig weh, diesen runden Felsbrocken eine längere Strecke über den Rasen und dabei noch durch die Luft zu befördern, dass ich mir

selber schon ein etwas festeres Schuhwerk gewünscht habe. Bloß, wie soll ich das anstellen?
Mama und Papa werden mir niemals das Geld dafür geben. Das ist mindestens genauso sicher wie die Tatsache, dass ich ohne andere Treter den Ball nicht weiter als zwei bis drei Meter kullern kann.
»Es war wirklich keine gute Idee«, sage ich auf dem Heimweg zu Saskia.
»Quatsch. Wieso willst du denn jetzt schon aufgeben? Der Diebutz hätte das mit den anderen Schuhen bestimmt nicht gesagt, wenn er nicht sicher wäre, dass du das kannst.«
»Meinst du wirklich?«
»Kauf dir die Schuhe und du wirst sehen, wie gut es dann auf einmal geht.«
»Das kannste vergessen, meine Eltern haben sich bestimmt etwas anderes vorgestellt. Yoga oder so'n Kram.«
Saskia fasst mich am Arm.
»Okay, Fußball ist vielleicht Geschmackssache. Aber die können dir doch nicht jeden Sport verbieten. Wie wär's zum Beispiel mit Leichtathletik?«
»Ja . . . vielleicht.«
»Na, dann sagst du ihnen eben einfach, dass du das mal ausprobieren willst.«

»Zu Joana?«
Ich nicke, ohne meine Mutter dabei anzuschauen. Irgendwann werde ich es ihr wohl sagen müssen, dass unsere Freundschaft vorbei ist. Aber das hat Zeit, bis ich damit

anfange, zickige Hemdblusen zu tragen und selber Kinder habe. So lange werde ich eben lügen.
»Tschüüüüss«, rufe ich noch. Dann knallt die Tür hinter mir zu, worüber sich Mama bestimmt wieder fürchterlich aufregt.
Ich schlendere den Bürgersteig hinunter, spähe unauffällig in den Knippengartenweg zu Joeys Haus hinüber, um ihn dann wie einen Creutzfeld-Jakob-Erreger zu meiden.
Vielleicht sollte ich mich nachmittags wenigstens ab und zu mit Saskia verabreden. Ich wüsste allerdings nicht, was ich großartig mit ihr reden sollte. Immer nur über Sport? Oder Joey? Meine tiefsten Geheimnisse könnte ich ihr jedenfalls niemals anvertrauen. Da käme Doreen schon eher in Frage. Sooo dolle mag ich die zwar auch nicht, aber sie ist ganz lieb und außerdem viel zu lahmarschig, um irgendetwas auszuplaudern.
Aber für Joey gibt es eben keinen Ersatz. Und wer weiß, vielleicht merkt sie es ja irgendwann sogar selbst. Dann würde sich die ganze Heimlichtuerei im Nachhinein wenigstens lohnen. Ein Glück, dass sich unsere Mütter nicht so supergut verstehen. Wenn die nämlich jeden Tag miteinander quasseln würden, dann wäre es sicher schon längst heraus.
Als ich an der Haltestelle Torfbruch ankomme, hält zufälligerweise ein Bus und ich steige ein. Er ist gerammelt voll mit Omas, Hausfrauen und Herren in mauergrauen oder pupsbeigen Anzügen mit brotbrettdünnen Aktenköfferchen und wichtigen Gesichtern. Ich bleibe direkt neben der Tür stehen und fühle mich wie die fünfundzwanzigste

Zigarre in einer Kiste, in der es eigentlich nur für zwanzig Platz gibt.
Am Bahnhof springe ich über beide Trittbretter hinweg auf den Gehweg hinunter und sprinte über den Zebrastreifen auf die Mühlengalerie zu. Das ist die Einkaufspassage in unserer Stadt. Die alte Mühle ist eines der wenigen alten, noch gut erhaltenen Bauwerke. Sie wurde vor ein paar Jahren renoviert, damit sie nicht nur alt, sondern auch schön alt aussieht, und dient seitdem als Eingangstor für diese Passage. Gleich vorne befindet sich eine kleine Galerie und direkt darüber ein Café mit Ausblick auf die Mühlräder. Richtig klasse eigentlich, bis auf die Tatsache, dass dort nur die First-Class-Pinkels herumsitzen und jeden, der nicht zu ihnen gehört, so lange mit ihrem vornehmen Getue attackieren, bis er freiwillig wieder geht.
Das letzte Mal bin ich noch mit Joey hier gewesen. Wir haben uns die Brautkleider angesehen und ein bisschen herumgesponnen. Welche am tollsten sind, und dann haben wir so getan, als hätten wir sie an, und sind mit Fantasieschleppen kichernd durch die Passage stolziert. Und Joey sind irgendwelche dämlichen BH-Größen noch vollkommen egal gewesen.
Ich seufze und schaue in eines der drei Riesenfenster des amerikanischen Fitnessladens. Und zum ersten Mal fällt mir auf, dass die auch simple Sportschuhe haben. Zwischen grell glänzenden Zweithäuten und all diesen heimtückischen kleinen und großen Geräten, mit denen man sich auf sportliche Weise sämtliche Gelenke verdrehen

kann, entdecke ich ein phänomenales Sonderangebot. Superfußballschuhe für knapp vierzig Euro.
Und prompt fällt mir der Fünfziger wieder ein. Er klemmt seit Weihnachten zwischen den Seiten meines Sparbuches. Eigentlich wollte ich ihn sofort zur Bank bringen, aber irgendwie habe ich das immer wieder vergessen.
Ich beschließe gerade, nach Hause zu eilen und ihn zu holen, da erscheint eine Hand im Schaufenster und lässt die Schuhe rückwärts in den Laden verschwinden.
Mist! Schon zu spät!, denke ich, aber gut, eigentlich brauche ich solche Dinger ja auch überhaupt nicht. Trotzdem will ich mir den Typen, der sie mir gerade unter der Linse wegkauft, wenigstens mal anschauen.
Im Laden fühle ich mich zwischen diesen breit grinsenden Fitnessschnöseln ziemlich fehlplatziert. Dennoch folge ich der Verkäuferin, die meine Fußballschuhe in der Hand hält, schnurstracks eine Treppe weiter nach unten. Als ich merke, dass genau dort, wo die Treppe aufhört, dieser doofe Cobi wartet, ist es bereits zu spät.
»Hi, Miriam!«, strahlt er mir entgegen.
»Hallo«, sage ich gelangweilt und überlege, was ich nun am besten mache. Einfach wieder abhauen geht ja wohl nicht. Also schlendere ich, ohne ihn weiter zu beachten, in die nächste Regalreihe und darf mir von dort aus mit anhören, wie er die arme Verkäuferin belabert. Über seinen angeblichen Kapitänsposten im Verein und dass er dringend neue Schuhe brauche, wieso diese hier denn heruntergesetzt seien und ob sie denn dann überhaupt gut ge-

nug für ihn wären, denn schließlich sei er nicht darauf angewiesen, sich ausgerechnet auf Sonderangebote zu stürzen.
Die Verkäuferin bleibt die ganze Zeit freundlich, während ich ihm an ihrer Stelle die Schuhe schon längst über die Ohren gehängt hätte.
Am Ende des Regals entdecke ich die gleichen Sporttreter dann noch einmal, das heißt eigentlich zweimal, in Größe neununddreißig und in vierzig. Meine Größe. Ich drehe sie herum und tatsächlich, auch die kosten statt einhundertundneunundzwanzig nur noch neununddreißig achtzig. Ich setze mich auf einen der kleinen türkisfarbenen Lederhocker und schlüpfe mit einem Fuß hinein. Sie passen wie angewachsen. Ich mache rasch ein paar Schritte. Es fühlt sich toll an. Einfach superbequem. Viel besser als die schlabberigen Stoffturnschuhe, die ich sonst immer trage. Ich schaue mir noch ein paar andere Sportschuhe an, die nicht gleich so an Fußball erinnern, aber sie sind leider alle viel zu teuer.
Seufzend lasse ich mich wieder auf dem türkisfarbenen Luxushocker nieder und betrachte die Treter noch mal. Sie sind klasse. Schwarz mit lila Streifen und sie gefallen mir auch sowieso. Warum soll ich sie also nicht kaufen? Natürlich hätte ich dann die gleichen wie Cobi. Andererseits habe ich das drängende Gefühl, dass es genau die richtigen für mich sind. Was aber, wenn sie nachher nicht mehr da sind?
Ich beobachte mich dabei, wie ich mich nach allen Seiten umsehe, und versuche, meine schlabberigen Turntreter

über die Fußballschuhe zu ziehen. Es kostet mich einen gehörigen Schweißausbruch und es klappt leider auch nicht.
Miri, dir muss schnell was einfallen, bevor hier jemand auftaucht, denke ich und schon verschwinden die Schuhe vorne in meiner Workerjeans, dort wo sie besonders weit ist. Ich schiebe meine Hände in die riesigen Hosentaschen und halte mit ihnen die Treter unauffällig an ihrem Platz auf meinem Bauch. Dann schlendere ich erst mal bis zum nächsten Spiegel und werfe einen hastigen Blick hinein. Nee, es fällt tatsächlich nicht auf!
Ein bisschen stolz auf diesen genialen Einfall und mit klopfendem Herzen eile ich so die Treppe wieder hinauf und schließlich aus dem Geschäft, ohne dabei entlarvt zu werden.
Dort steht Cobi herum, glotzt in die Scheibe und irgendwie habe ich das blöde Gefühl, dass er extra auf mich gewartet hat.
»Na, nichts gefunden?«, fragt er.
Ich sehe auf die Tüte in seiner Hand und schüttele den Kopf.
»Nee, diese Billigläden sind einfach nichts für mich.«
Und renne, so gut es mit dem dicken Bauch geht, an ihm vorbei, zum Mühlentor hinaus auf meine Bushaltestelle zu.

In der Straßenbahn suche ich mir einen einsamen Zweierplatz. Dort pule ich die Sportschuhe unbemerkt aus meiner Worker hervor und lasse sie in meinem Rucksack verschwinden. Dabei stelle ich fest, dass es der Falsche ist. Nämlich der ohne meine Monatskarte. Ich fange sofort an zu beten, aber leider nützt das überhaupt nichts. Und dass ausgerechnet diese ganz normale Spießerfrau mit dem kleinen Dackel an der Leine eine Kontrolleurin ist, hätte ich sowieso im Traum nicht gedacht.

»Natürlich habe ich eine Karte«, sage ich und schwitze dabei so sehr, als würde ich mein erstes Turnier spielen. »Ich gehe aufs Humboldtgymnasium.«

»Theoretisch könntest du direkt daneben wohnen«, erwidert die Kontrolleurin.

»Tu ich aber nicht. Ich habe sie in dem anderen Rucksack. Bei meinen Schulsachen.«

»Gut, dann gib mir bitte deinen Namen und deine Adresse.« Sie schreibt alles auf ihren blöden Block mit fünfundzwanzig verschieden bunten Durchschlagpapieren, damit auch die Behörden von Hinterpfefferinien piksgenau wissen, dass Miriam Schleher heute, am achten Juli so gegen sechzehn Uhr versehentlich schwarzgefahren ist.

»An der nächsten Haltestelle kommst du dann bitte mit.«

»Wieso?«

»Um deine Angaben zu überprüfen.«

»Ich darf aber nicht einfach so mit Fremden mitgehen«, erwidere ich und versuche, meine Freude über diese geniale Idee für mich zu behalten.

»Da hat das Kind vollkommen recht«, sagt eine dicke ältere Frau, die ein paar Reihen weiter hinten sitzt. Sie hat eine ziemlich schiefe Nase und trägt ein wild gemustertes Tuch um ihre Schultern mit langen schreiend violettfarbenen Fransen daran. Und während ich mir die Gehirnzellen darüber zermartere, woher sie mir so bekannt vorkommt, mischen sich auch noch andere Leute ein.

»In der letzten Zeit passiert ja so viel. Man kann seine Kinder fast niemandem mehr anvertrauen«, bestätigt eine kleine dünne Oma.

Die Kontrolleurin guckt schon ganz hilflos. Von weiter hinten drängelt sich einer dieser pupsbeigen Männer mit seinem Handy hervor und hält es ihr direkt unters Kinn.

»Bitte schön! Rufen Sie doch gleich von hier aus bei der Kleinen daheim an und lassen Sie sich Ihre Angaben bestätigen.«

»Das brauchen Sie gar nicht«, meldet sich die dicke Frau wieder. »Ich kenne das Mädchen . . . Nicht wahr?« Sie zwinkert mir zu. »Damals ging es um ein Schwein. Um ein echtes wohlgemerkt. Namens Kerstin, wenn ich mich recht erinnere.«

Oh ja, na klar, jetzt fällt es mir auch wieder ein! Das ist doch diese zimperliche Tante, die vor ein paar Tagen bei Klaus Werbefotos gemacht hat. Und dann höre ich auch schon, wie sie der Kontrolleurin erzählt, dass sie mich erst kürzlich in einem Haus nahe der von mir angegebenen Adresse getroffen habe.

»Das muss aber nicht unbedingt bedeuten, dass sie auch tatsächlich dort wohnt«, entgegnet die Kontrolleurin mit einem milden Lächeln. Sämtliche um uns herumsitzende Fahrgäste fallen sofort mit einem wütenden Blick über sie her und die Werbeomi hält eine Knipskarte in die Luft.

»Sind Sie wenigstens damit einverstanden, dass die Kleine nachträglich abstempelt?«
Die Kontrolleurin gibt sich geschlagen.
»Also gut. Ausnahmsweise.« Sie guckt mich an und lächelt wie eine Portion Sauerfleisch. »Es wäre aber nett, wenn du deine Fahrkarte in den nächsten Tagen doch noch einmal in der Zentrale vorlegen würdest.«
Ich mache ihr in Gedanken eine lange Nase und springe an der nächsten Haltestelle aus der Bahn, um den Rest der Strecke zu Fuß nach Hause zu gehen. Denn mich jetzt noch aus lauter Dankbarkeit mit der Werbetante zu unterhalten, dazu habe ich wirklich keine Lust.

Den Rest des Abends verbringe ich damit, einen alten Karton mit Illustriertenpapierfetzen zu bekleben. Darin bringe ich meine neuen Sportschuhe unter und schiebe ihn anschließend weit unter mein Bett bis an die Wand. Draußen ist es noch hell. Ich schlüpfe zuerst in meinen Pyjama, dann unter die Bettdecke, verschränke die Arme unter dem Kopf und schaue durch mein Fenster hindurch den Blättern des Birkenbaumes beim Rascheln zu.
Den Fünfziger habe ich unter meinem Kopfkissen verstaut. Manchmal wird über Nacht ja mehr daraus, insbesondere wenn man einen Milchzahn dazulegt. Das ist zwar der reinste Aberglaube, aber immerhin bin ich den Fußballschuhen sehr dankbar dafür, dass sie mich an diesen orangenen Schein erinnert haben, weil ich mir jetzt selbst noch zwei oder drei neue Pullis kaufen kann, ohne dass ich meine Eltern anbetteln muss.

Mit diesen Gedanken drehe ich mich auf die Seite und kuschele mich in einen Zipfel meiner Decke. Im Zimmer wird es allmählich dunkler und plötzlich hockt ein langer durchsichtig grauschleieriger Mann neben meinem Bett. Er kriecht über den Boden und fischt mit seinen dünnen Spinnenbeinfingern zielstrebig den bunt beklebten Karton darunter hervor.
»Hast du die überhaupt bezahlt?« Seine Stimme klingt wie angefrorenes geschimmeltes Brot.
»Die Schachtel?«, stottere ich. »N-n-nein, die habe ich selbst gemacht.«
Aus seinem Hals faucht ein eisiges Lachen, das mein ganzes Zimmer in einer Blitzsekunde vom Fußboden bis zur Decke einnebelt. Er reißt den Deckel von der Schachtel, schleudert ihn durch die Luft und hält mir die Schuhe direkt vor die Augen. »Und was ist das?«
Die Schachtel folgt ihrem Deckel kreuz und quer durch mein ganzes Zimmer, während der grauschleierige Mann einen seiner Arme verlängert und damit unter meinem Kopfkissen herumsucht. Er findet den Schein, ruft »Ha!« und knüllt ihn mit einem irren Blick in den Augen vor seiner Brust zusammen. »Das ist mein Schweigegeld.« Dabei lacht er so eisig, dass ihm seine eigenen zotteligen Haare gefrieren, und wird dabei immer durchsichtiger, bis er endlich verschwunden ist.
Mit bollerndem Herzschlag und klatschnassem Pyjama richte ich mich auf und versuche, die Klemmleuchte zu erreichen.
»Miri, du hast nur geträumt«, sage ich mit fester Stimme,

um mir selber Mut zu machen. Kurz entschlossen hebe ich mein Kopfkissen hoch. Das Geld ist noch da.
Nur die Freude, die ich vorhin noch daran gehabt habe, die ist weg.

Die Idee, die Fußballschuhe wieder in den Laden zurückzuschmuggeln, als ich zusammen mit meiner Mutter in die Stadt gehe, ist genauso wenig genial. Zwar trage ich sie unauffällig in meinem Rucksack verstaut auf dem Rücken, aber gerade das scheint Mama besonders misstrauisch zu machen.
Während wir durch die Straßen marschieren, spüre ich, dass sie meinen Rucksack nicht aus den Augen lässt. Und als wir dann vor dem »New Yorker« in einem Kleiderständer herumsuchen, legt sie plötzlich ihre Hand darauf.
»Sag mal, das ist doch nicht dein Schulrucksack?«
Ich tippe mir an die Stirn.
»Natürlich nicht.«
»Und was schleppst du dann da mit dir rum?«, fragt sie beinahe empört. Denn es ist ja wohl so klar wie Krautbrühe ohne Kraut, dass ich nichts mitschleppen muss, wenn ich mit Mama zusammen in die Stadt gehe, um Klamotten zu kaufen. Schließlich habe ich das bisher noch nie gemacht.
»Nichts«, sage ich.
»Na, für ein Nichts ist das aber ganz schön hart.«
Zum Glück fällt mir was ein.
»Es ist eine Bombe, Mama«, flüstere ich und sehe sie ver-

schwörerisch an. »Die will ich nämlich gleich da vorne in diesen blöden Pelzmantelladen schmeißen.«
Zuerst guckt sie mich ganz entsetzt an. Dann lacht sie los.
»Ich bin dir wohl zu neugierig, was?«
»Ja.«
»Okay«, seufzt sie und murmelt noch etwas vor sich hin, was sich anhört wie »Na, dann ist das jetzt wohl so«.
Schweigend schieben wir ein paar Hosen auf ihren Bügeln hin und her, und gerade als ich mich dazu entschieden habe, eine grüne Jeans anzuprobieren, hält sie mir eine pinkfarbene Blumenschlaghose unter die Nase.
»Guck mal, wie findest du denn die?«
»Willst du dich jetzt rächen?«, frage ich.
Sie zieht erstaunt ihre Augenbrauen hoch.
»Wieso? Die ist doch nett, oder?«
»Sie sieht aus wie eine Wohnzimmertapete aus den Siebzigern.«
Mama hält sie hoch in die Luft und lässt eines der Hosenbeine durch ihre Finger gleiten.
»Aber so was trägt man doch jetzt.«
Das stimmt. »Und was soll ich dazu anziehen?«
Sie pikst mit ihrem Zeigefinger kleine Löcher in Richtung Ausgangsluft. »Da vorne gab's doch so lange Sweatshirts.«
Okay, gebongt. Ich suche mir ein Schwarzes heraus, renne mit allem in die nächste Umkleidekabine und behalte zum Schluss die grüne Jeans gleich an.
»Dann brauchst du aber noch eine. Grün passt doch zu nichts.«

Ich nicke. »Genau wie die Tapetenhose.«
Ich gucke die Drehständer mit den Hosen noch einmal durch und ziehe schließlich eine ganz normale Levis heraus, die Mama allerdings viel zu teuer findet. Ich aber nicht, weil sie nämlich bei knapp fünfzig Euro extrem heruntergesetzt ist.
»Dann verzichte ich eben auf die Tapetenhose«, sage ich und meine Mutter gibt sich geschlagen.
»Ich durfte früher nie solche verrückten Sachen anziehen«, sagt sie. »Das soll bei dir jetzt nicht auch so sein.«
Manchmal ist Mama wirklich unlogisch. Aber egal, wenn ich auf diese Weise die Levis bekomme!
Ich grinse und verschwinde noch einmal in der Umkleidekabine. Als ich wieder herauskomme, hat sie noch einen blauen Pulli und ein paar T-Shirts hervorgekramt und an der Kasse liegt ein unübersichtlicher Haufen aus Hosen, Pullovern, Röcken und Kleidern.
Ich tippe mir geräuschvoll an die Stirn.
»Wenn du denkst, dass ich so was anziehe ...«
»Ist für mich«, erwidert sie ruhig und ich frage mich erstens, ob wir im Lotto gewonnen haben, und zweitens, wann sie das denn wohl alles anprobiert hat.
»Jetzt habe ich aber Hunger«, sagt meine Mutter, als wir in Richtung Hauptbahnhof schlendern. Wir zwängen uns in die Mühlenpassage und Mama braucht mit ihren fünfundachtzig Tüten die halbe Breite, sodass kaum einer an uns vorbeikann. Unter meinem Protest und den missachtenden Blicken der restlichen Gäste essen wir im Mühlenrestaurant einen grenzenlos überteuerten Regen-

wurm im Löwenzahnmantel und dann schlägt meine Mutter vor: »Vielleicht noch ein Paar neue Schuhe?«
Wie gut, dass der amerikanische Fitnessladen ganz in der Nähe ist, denke ich, bedanke mich bei meinem Schicksal und verschwinde nach einem kleinen Sprint durch dessen Eingangstür.
Ich mache ein paar Sätze die Treppe hinunter und haste durch die Regalreihen, obwohl ich mir ausrechnen kann, dass es noch einige Zeit dauern kann, bis mich Mama mit ihren Tüten erreicht.
Endlich finde ich die Stelle, an die die Turnschuhe gehören, lasse mich auf einem der türkisfarbenen Lederhocker nieder, öffne meinen Rucksack und ziehe die Fußballschuhe heraus.
»Das ist doch wohl nicht dein Ernst.«
Mein Herz bleibt stehen, ich höre auf zu atmen, und als ich in das grinsende Gesicht eines pomadenhaarigen Verkäufers blicke, wünsche ich mir, dass ich einfach so an dieser Stelle sterben könnte. Zumindest für eine gewisse Zeit. Dabei müsste er doch eigentlich gesehen haben, dass ich die Schuhe nicht in den Rucksack getan, sondern aus ihm herausgeholt habe.
»Wieso? Ich wollte sie doch nur . . .«, versuche ich, ihm das Ganze zu erklären, aber ich kriege den Satz nicht zu Ende, weil meine Mutter um das Regalende herumgeschossen kommt, während sie gleichzeitig mit ihren Tüten einen Ständer mit Aerobictops umschmeißt.
»Da bist du ja!«
»Ist das etwa Ihre Tochter?«, fragt der Verkäufer. Er sieht

zwischen den Fußballschuhen und dem umgestürzten Ständer hin und her und kann sich offensichtlich nicht entscheiden, worüber er sich mehr ärgern soll.

»Wieso etwa? Wie meinen Sie das denn?« Meine Mutter sieht ihn scharf an und er entschuldigt sich mit ein paar zusammengestotterten, schleimtriefenden Wörtern.

Mama beachtet ihn nicht weiter und beschäftigt sich dafür umso eingehender mit den Sportschuhen in meinen Händen.

»Die hast du dir also ausgesucht?« Sie seufzt. »Na, das ging ja schnell. Ich hatte allerdings eher an richtige Schuhe gedacht.« Sie schaut mich mit gerunzelter Stirn und leicht verzweifeltem Blick an. »Hast du sie denn überhaupt schon anprobiert?«

»Sie passen toll«, sage ich und schlüpfe hinein.

Ich gehe ein paar Schritte auf und ab und bete dabei im Stillen vor mich hin, dass ich so schnell wie möglich hier wieder rauskomme.

»Also gut«, sagt meine Mutter nach einer halben Ewigkeit. »Ich verstehe zwar nicht viel davon, aber die scheinen mir eher zum Fußballspielen geeignet zu sein.«

»Das trägt man jetzt eben so«, murmele ich. »Kommt ganz frisch aus Amerika.« Und frage mich, ob ich wohl jemals wieder aus der Schwindelecke herausfinden werde.

Der Verkäufer fragt: »Wollen Sie sie gleich anbehalten?« Und wartet eine Antwort gar nicht erst ab, sondern greift mit einem angewiderten Zucken um die Mundwinkel nach meinen Stoffturnern und schreitet vor uns her die Treppe nach oben und der Kasse entgegen.

Während meine Mutter die neununddreißig Euro hinblättert, nimmt er mich am Arm, zieht mich mit in die nächste Ecke und zischt: »Kannst du mir jetzt endlich mal erklären, was das sollte?«

Ich zaubere eine Unschuldsmiene auf mein Gesicht und lächele ihn an, während sich unter seinen Augen rote Wutstriche bilden.

»Sei froh, dass deine Mutter da war und die Schuhe bezahlt hat, sonst wäre das für dich hier ganz anders ausgegangen.«

Nun wird er im ganzen Gesicht mohnrot und rät mir eindringlich, mich in diesem Laden nie wieder sehen zu lassen.

Worauf er sich garantiert verlassen kann!

DAGMAR H. MUELLER

Die Chaosschwestern sind unschlagbar!

Livi ist irgendwie ganz anders als ihre drei Schwestern und sie wird den Gedanken nicht los, dass sie im Krankenhaus als Baby vertauscht worden ist. So wenig, wie sie in diese Familie hineinpasst, ist das ja wohl eindeutig. Rema (Renate-Oma) ist die Einzige, die Livi manchmal versteht. Zusammen mit Gregory möchte Livi die Welt retten. Als Erstes werden sie heimlich Fotos bei dem riesigen Hühnerstall machen und den Leuten damit beweisen, wie furchtbar eng es die Hühner in ihren Käfigen haben. Aber es gibt ja Tage, an denen wird alles anders als geplant und es passieren die unmöglichsten Dinge. Dieser Samstag war genau so ein Tag.

Sogar der frühe Samstagmorgen fing schon ungewöhnlicher an als sonst. Gregory hat, wie verabredet, pünktlich um zehn nach vier kleine Steinchen an meine Scheibe geschmissen, um mich zu wecken. Aber da war ich natürlich schon längst wach und angezogen und fertig und

wartete nur noch auf ihn. Hatte mir ja den Wecker gestellt.
Gregory stand unten im Garten in seiner grässlichen Armyhose und grinste zu mir hoch. Aber auch die Armyhose stört mich an ihm kaum noch. Ich weiß ja, dass Gregory nie vorhat, irgendwelche Armeen zu unterstützen.
Ach Mann, bin ich froh, endlich eine beste Freundin zu haben! Auch wenn sie einen Jungennamen hat. Gregory ist garantiert die *beste* Freundin, die man haben kann!
Ich schlich mich aus unserem Haus auf die Straße und knuffte Gregory zur Begrüßung freundlich. »Hey, du bist ja pünktlich!«
»Logo!«, grinste Gregory. »Hast du die Kamera?«
»Logo!«, grinste ich zurück und klopfte auf meine kleine Umhängetasche.
»Gut«, meinte Gregory, »dann los!«
»Und ob!«, sagte ich unternehmungslustig. Denn ich konnte es kaum abwarten, endlich die Lebensbedingungen dieser gemarterten Tiere zu dokumentieren und allen Menschen zu zeigen.
Gregory und ich haben in den letzten Wochen oft frühmorgens auf der Lauer gelegen und rausgefunden, dass die Hühner jeden Tag um halb fünf gefüttert werden. Außerdem werden dann die Tore geöffnet, sodass ein wenig Frischluft in die riesigen Ställe kommt, wo die Hühner zusammengequetscht in Käfigen hocken.
Das ist der einzige Moment des Tages, in dem diese Tore geöffnet sind und man von außen reingucken kann. Leider kann man auch dann nicht viel sehen.

»Wir brauchen eine richtig gute Kamera mit Teleobjektiv, wenn wir Fotos machen wollen«, stellte Gregory fest.
Und die hatten wir uns besorgt. Geliehen von der Foto-AG in unserer Schule. Ziemlich nett sind die Schüler da. Und als wir ihnen erzählt haben, wofür wir die Kamera brauchen, haben sie uns sofort ihr bestes Stück in die Hand gedrückt. Cool.
Und jetzt haben wir die megaschärfsten Bilder! Trotz der nächtlichen Dunkelheit um die Schuppen herum konnten wir mit einer Superkamera wie dieser problemlos ohne Blitz fotografieren, sodass man das erleuchtete Innere der Ställe auf den Bildern bestens sehen kann. Juchhu!
Noch besser: Keiner hat uns bemerkt. Aber am nächsten Freitag wird der Besitzer ohne Zweifel merken, dass wir da waren. Denn dann erscheinen die Fotos in unserer Schülerzeitung.
Die liest nicht nur jeder Schüler unserer Schule, sondern auch jede Mutter und jeder Vater. Also mindestens die halbe Stadt. Wenn das kein Aufsehen erregt, dann weiß ich nicht!
Oh, es fühlt sich sooo gut an, etwas Tolles getan zu haben! Etwas Richtiges! Etwas, das etwas bewirken wird!
Wir waren so eingekuschelt in dieses wunderbar wohlige Gefühl, dass uns nicht mal die Kälte des frühen Morgens etwas ausmachte. Es war etwa sieben, als Gregory und ich zurück durch die Stadt schlenderten. Die Sonne war gerade aufgegangen, die Stadt war noch ganz leer und leise und ein weiches Licht lag auf allen Häusern.

Ehrlich, auch ohne Fotos hätte man gar nicht anders gekonnt, als gute Laune zu haben!
»Lust auf ofenwarme Croissants?«, fragte Gregory und deutete auf eine bereits offene Bäckerei, aus der die verlockendsten Düfte kamen.
Eigentlich hatten wir ja vorgehabt, wieder zu Hause zu sein, bevor bei uns jemand aufstand. Aber es war so ein außergewöhnlicher Moment für uns, mit rosa Licht auf allen Dächern und unserem Erfolg im Herzen, und da war uns das ganz egal.
Tja, was im Leben alles passieren kann, wenn man nur mal was anderes macht als sonst! Denn hätten wir es uns nicht in der kleinen Sitzecke in dieser Bäckerei gemütlich gemacht und hätten wir nicht über all dem Croissant-Gefuttere und Heißem-Kakao-Getrinke und glücklichem Gequatsche glatt die Zeit vergessen, dann ... dann wäre nämlich all das, was gerade eben passiert ist, *nicht* passiert.
Ich meine – überhaupt! Dass so was überhaupt in unserer Stadt passiert! Nein, dass so was MIR passiert!
Also – ich weiß echt nicht, was ich denken soll!
Und was ich von diesen beiden Typen halten soll, weiß ich noch weniger. Der eine war ja ganz okay. Aber der andere – dunkler Rolli, dunkle Jacke – war irgendwie ... ziemlich aufdringlich.
Und was für einen Blödsinn der gefaselt hat! Von wegen *irischer Typ* und so! Bloß weil ich rotblonde Haare habe und ein paar beknackte Sommersprossen auf der Nase.
Einen Moment lang hatte ich sogar ein bisschen Panik,

dass der uns gleich in sein Auto drängt. Und dann? Da fand ich es mal wieder ziemlich praktisch, dass meine beste Freundin ein Junge ist!

Zum Glück stellte sich aber schnell raus, dass er nur eine Kamera aus seinem Wagen holen wollte, um ein paar Probeaufnahmen zu machen, wie er sagte. Doch da kriegte ich ein komisches Gefühl. Nee, ich lass mich doch nicht einfach von irgendwelchen Kerlen fotografieren, die ich noch nie gesehen habe.

Der Typ lenkte dann auch gleich ein und meinte: »Nein, nein, das ist in Ordnung. Du solltest natürlich erst deine Eltern fragen. Aber *bitte* tu das! Gleich heute! Du bist *genau* das Gesicht, das wir suchen! Und *bitte* ruf uns sofort an! Auch wenn es Sonntag ist. Aber spätestens am Montag. Unsere Karte haben wir dir ja gegeben.«

Das alles war irgendwie so übertrieben, dass ich überhaupt nicht mehr wusste, was ich sagen sollte. Na ja, das wusste ich eigentlich schon gleich am Anfang nicht, als die beiden auf uns zukamen und uns ansprachen und sich als *Scouts* vorstellten. Was anscheinend so Leute sind, die die Straßen nach Leuten absuchen, die sich gut als Models eignen würden. Aber selbst wenn das alles stimmt, was die gesagt haben, müssen sie deshalb gleich so dramatisch werden? *Bitte! Gleich! Auch am Sonntag!* Also, das ist schon etwas übertrieben, oder?

»Ach, so sind diese Medienleute doch immer«, sagt Gregory neben mir, als sie weg sind, und macht eine abschwächende Handbewegung.

»Echt?« Na ja, ich schätze, der muss es wissen. Seine

Fernsehmutter bringt bestimmt genug solcher Leute mit nach Hause.

»Denk doch nur mal an das ganze Geld!«

»Pah!«, schnaube ich. »Geld! Das ist es doch! Damit unterstütze ich doch zu hundert Prozent diese ganze Konsumgesellschaft! So wie die da!« Ich bleibe vor einem riesigen Werbeplakat stehen, auf dem ein Bikinimädchen an einem Südseestrand lieblich lächelnd einen Schokoriegel knabbert.

Gregory kichert. »Komm schon, Livi! Schokolade ist doch nichts Schlechtes. Und wahrscheinlich ...« Er grinst jetzt breit. »... wahrscheinlich ist dieses Mädchen erste Vorsitzende des Vereins zum Schutz der Eisbären in der Arktis und verwendet ihr leicht verdientes Geld dafür, den Leuten die Gefahren zu erklären, die das Ozonloch nicht nur für uns, sondern auch für die Eisbären hat. Und das ist doch super, oder?«

Jetzt muss ich auch lachen. Gregory hat so eine Art, auch über ernste Dinge noch Witze zu machen. Und die Vorstellung, dass dieses Bikinimädchen mit Schokolächeln sich in Wirklichkeit für die Umwelt einsetzt, ist wirklich zu albern!

»Logo«, kichere ich, »die lässt mit ihrem Geld teure Broschüren drucken und hilft so den Eisbären mehr, als wir das je könnten! Klar, klar! Hahaha!«

Da hört Gregory auf zu kichern. Er fasst mich an die Schulter, als wäre ihm grad ein toller Gedanke gekommen. »Ganz genau, Livi! Das ist es!« Er sieht mir direkt in die Augen. »Überleg mal! Das wäre doch riesig!

Denk doch nur, was wir mit dem Geld alles machen könnten!«

Spinnt der jetzt?

Aber dann fang ich tatsächlich an zu überlegen. Geld ... Und mir fällt als Erstes ein, dass wir eigentlich die Legebatteriefotos auf Flugblätter drucken wollten, um sie dann auf dem Marktplatz zu verteilen. Aber das können wir uns von unserem Taschengeld nicht leisten. Deshalb die Idee mit der Schülerzeitung. Dabei könnten Flugblätter natürlich noch viel mehr Menschen erreichen. Als Nächstes fällt mir ein, dass es auch schön wäre, selbst so eine klasse Kamera wie diese hier zu haben. Natürlich um bei ähnlichen Aktionen wie heute Morgen immer bestes Beweismaterial zu sichern.

Na gut, und ich würde vielleicht auch ein paar Fotos von mir und Gregory machen. Und von Rema. Und von Aurora und Kenny. Und von Malea und Tessa und Cornelius und Iris und ... Ach ja, eine eigene Kamera wäre echt schön!

Halt! Das gibt's doch wohl nicht! Kaum hält man mir für eine Sekunde ein paar Geldscheine vor die Nase und schon fange ich an, konsumhungriger zu werden als Tessa!

»Blödsinn!«, sage ich entschieden zu Gregory. »So was mache ich nicht. Wenn du das so toll findest, kannst *du* dich ja im Bikini an einen Strand stellen und Schokolade knabbern.«

Gregory grinst. »Würde ich liebend gern sofort machen, aber ...« Er zieht eine bedauernde Grimasse. »... *mich* wollen sie leider nicht.«

Ich grinse ebenfalls.

Zum Glück war Rema heute wieder die liebste, beste Rema der Welt! Rema ist immer ein Trost.
»Livi, Livi«, hat sie gesagt und gelacht und plötzlich richtig jung ausgesehen, »hab ich dir nicht immer gesagt, dass du eine kleine Schönheit bist?«
Total gefreut hat sie sich für mich.
»Siehst du«, hat sie gerufen, »und du beschwerst dich immer, weil du Opa Richards rotblonde Haare geerbt hast! Aber nun merkst du's! Die Leute beneiden dich darum!«
Na ja, hab ich leise gedacht, nun bleib mal auf dem Teppich, Remi! Wirklich beneiden tut mich ja nun keiner um meine roten Haare. Dass die mich fotografieren wollen, heißt wohl noch lange nicht, dass die auch so aussehen wollen wie ich!
Aber irgendwie war Remas Freude doch ein bisschen ansteckend.
Trotzdem musste ich ihr natürlich verklickern, dass mein Problem darin besteht, dass ich so einen Kram eigentlich nicht machen will. Weil ich diesen ganzen Konsumrausch, der durch Modefotos und die Werbung angeheizt wird, nicht auch noch persönlich unterstützen will.
Doch da kam sie mit dem Argument, dass ich dadurch ja immerhin viel Geld für meine politischen Projekte hätte. Fotos werden anscheinend wirklich nicht allzu schlecht bezahlt. Rema fand die ganze Idee mit den Modefotos jedenfalls echt großartig. Im Prinzip zumindest. Bis wir auf einen ganz speziellen Haken an der Sache kamen. Cornelius!
»Na ja«, meinte Rema und guckte mich sehr zuversicht-

lich an, »ich glaube, richtig sauer wird Cornelius nur, wenn er überhaupt gar nicht gefragt wird. Das kann man doch auch ein bisschen verstehen, oder? Immerhin ist er euer Vater. Und ihr seid noch minderjährig.«

»Du meinst also, er würde es erlauben, wenn ich ihn frage?«

»Ähm, na ja«, wiederholte Rema und sah dann doch nicht mehr ganz so zuversichtlich aus, »vielleicht sollte Cornelius sich lieber erst mal in aller Ruhe erholen und wir fragen einfach nur Iris. Was meinst du?«

Ich lächelte. »Remi, du bist ein Schatz!«

Rema lächelte jetzt auch wieder. Zufrieden.

Ich gab ihr einen Kuss. »Könntest *du* dann vielleicht mit Iris sprechen?«

Da seufzte Rema, als hätte ich von ihr verlangt, zehn Liegestützen zu machen. »Also wirklich, Livi!« Aber sie lächelte immer noch. »Na schön. Mach dir keine Sorgen! Wenn du das wirklich willst, kriege ich Iris schon rum!«

»Rema, du bist die Allerbeste!«

Und an der Stelle merkte ich, dass ich mich ganz klar so benahm, als hätte ich mich schon entschieden. Als würde ich mich freuen, die Erlaubnis zu kriegen und so, meine ich.

Aber will ich das tatsächlich? Habe ich mich entschieden? Denn jetzt, wo ich hier liege, fühlt sich die Vorstellung, dass ich vor einer Kamera stehen soll, mit lauter Leuten um mich herum, die ich nicht kenne, nicht mehr allzu verlockend an.

Was passiert denn überhaupt genau bei so einem Fotoshooting?

Uh, und warum höre ich in dieser Sekunde Tessas Stimme in meinem Kopf, die sagt: »Haha, Livi! Du hast ja bloß Schiss, zu richtigen Modeaufnahmen zu gehen! Angsthase, Pickelnase!«
Puh, blöde Tessa! Zum Glück habe ich niemandem außer Rema davon erzählt!
Schon wieder die doofe Frage, ob man bloß feige ist oder ob man das Richtige tut. Ach Mann, was ist denn nun »feige«? Und was ist »richtig«?
Wann soll man Nein sagen? Wann Ja?
Und warum scheine ich die Einzige in unserer Familie zu sein, die sich dauernd solche Fragen stellt?

Iris ist manchmal echt keine große Hilfe. Sie hat mir ihr Okay für meinen Modeljob gegeben und mir auch versprochen, niemandem sonst davon zu verraten, aber jetzt ist plötzlich Cornelius viel zu früh wieder aufgetaucht. Muss ich nun etwa alles noch mal mit ihm durchquatschen? Der springt bestimmt im Fünfeck, wenn er hört, dass wildfremde Leute Fotos von mir machen wollen!
Klopf-klopf. »Olivia?«
Oh, ehrlich! Wenn man vom Teufel spricht!
»Kann ich reinkommen, Olivia?«
»Klar.«
Meine Stimme klingt vermutlich etwas matt. Was kein Wunder ist nach Iris' Megaputzsause und der Aussicht auf einen gleich mittelschwer ausrastenden Cornelius. Obwohl – er klingt gar nicht so wütend.
Jetzt geht die Tür auf und sein Gesicht ... lächelt. Na, das

wird ja gleich vorbei sein, wenn ich ihm von den Werbeleuten erzähle.
Cornelius hockt sich zu mir aufs Bett. »Iris hat mir von dem unglaublichen Angebot erzählt, dass du bekommen hast.«
Urrrg. Mein Magen wird augenblicklich ein Knoten. Alarm! Nur – wieso lächelt Cornelius immer noch?
Er guckt mich gespannt an. »Und du hast dich entschieden, das Angebot anzunehmen?«
»Ähm, ja. Iris hatte nichts dagegen.« Ich setze mich nervös etwas gerader hin. »Ähm, hättest du denn etwas dagegen?«
»Ich? Dagegen?« Cornelius strahlt mich so glücklich an, als wäre er dabei, mir zu erzählen, dass seine Band Rainbow gerade für einen Auftritt als Vorgruppe von Oasis im Wembley Stadion in London unterschrieben hat. Musik ist für Cornelius das Wichtigste auf der Welt.
»Ich finde das so ungeheuer supertoll . . .« Cornelius schreit jetzt fast vor Begeisterung. ». . . dass ich am liebsten selber mitkommen würde zu dem Shooting! Meine Tochter! Endlich entdeckt für Fotoaufnahmen! FAN-TAS-TISCH!«
Fantastisch? Ich schlucke. Na-na-na, nun komm mal wieder runter, Cornelius! Und – halt – was hat er gesagt? Er würde am liebsten MITKOMMEN? Mit zum Shooting? Mir zugucken? Heißt das, er *würde?* Oder er *wird?* GRUSEL! NEIN!!!
Ich verschlucke mich direkt beim erneuten Schlucken. Wrrrghh! »Das ist ja lieb, Cornelius, echt, dass du das sagst! Ich hatte schon Angst, du würdest . . .«

»Ich würde das, was meine Tochter möchte, nicht unterstützen?«, unterbricht mich Cornelius. »Na, da täuschst du dich aber! Deine Modelkarriere unterstütze ich natürlich voll!«

Modelkarriere? Wovon spricht der Mann?

»Äh, du, das ist nur ein einziges Shooting, weißt du. Die haben einfach nur so einen irischen Typ gesucht für diese komischen englischen Tweedröcke und so. Das mache ich bestimmt kein zweites Mal.«

»Bist du dir sicher?«, fragt er fast ein wenig enttäuscht.

»Ganz sicher«, nicke ich.

»Schade«, meint Cornelius.

Und dann lächelt er doch wieder. Liebevoll. Sehr väterlich. »Hätte dir vielleicht gutgetan.«

Gutgetan? Was heißt das? Dass mein jetziges Leben mir *nicht* guttut?

Ich muss wohl augenblicklich ein ziemlich düsteres Gesicht gemacht haben, denn Cornelius streichelt mir beruhigend über den Arm. »Versteh das nicht falsch!«

Ich gucke ihn böse an. »Hm.«

»Trotzdem finde ich es super, dass du mal die Erfahrung machst«, redet er weiter. »Wenn auch nur einmal.«

»Welche Erfahrung?«, frage ich misstrauisch. »Geld zu verdienen? Das hab ich auch früher schon.«

»Nein«, sagt Cornelius und sieht mir direkt in die Augen. »Auf gedruckten Fotos zu sehen, wie hübsch du bist.«

Mhmpff. Wenn man etwas nicht erwartet, können Sätze wie ein Schlag in den Magen sein. Ich atme schwer. Dann

entscheide ich mich einfach dafür, Cornelius nicht ernst zu nehmen. Er ist mein Vater. Der muss ja so was sagen.
»Jaja«, antworte ich einfach und versuche, abfällig zu grinsen. Als ob ich an so was wie Hübschsein interessiert wäre! Ich bin doch nicht Tessa!
»Na gut«, meint Cornelius und erhebt sich, »ich wollte dir auf jeden Fall nur sagen, dass du meine volle Unterstützung hast. Möchtest du denn, dass ich oder Iris mitkommen?«
»Ähm, Gregory hat schon gesagt, dass er mich begleitet.«
»Okay.« Cornelius scheint nicht mal beleidigt zu sein. Mir fällt ein Stein vom Herzen.
»Und wann findet das Ganze statt?«
»Dienstag um vier im Stadtpark«, antworte ich.
»Also schon morgen?«, fragt Cornelius.
Ich nicke. Und seufze. Weil die Vorstellung mir immer noch einigermaßen Magensausen macht. Oh, warum hab ich bloß zugesagt!
»Prima«, lächelt Cornelius, »ich freu mich für dich!«
»Danke«, murmele ich.
Und dann ist er raus aus dem Zimmer und ich starre verdutzt die Tür an. Komisch, manchmal sind Dinge unfassbar leicht, vor denen man einen Riesenbammel hatte!

Gregory und ich kamen sooo gut gelaunt und superpünktlich am verabredeten Treffpunkt im Stadtpark an. Ich hatte sogar fast gar keine Angst mehr.
Auf der Wiese beim großen Denkmal haben diese Modeleute dann schon gewartet und mir entgegengeguckt. Na

gut, da kriegte ich dann doch wieder Bammel im Bauch. Aber als sich alle vorgestellt hatten und mir hundert Mal gesagt hatten, wie großartig ich aussähe, da hab ich mich schon wieder deutlich besser gefühlt und ihnen das mit dem Aussehen sogar fast geglaubt.

Ein Typ, der Bruno hieß (was er aber Br*ü*no ausspricht), sagte, er sei der Visagist und würde mich jetzt schminken. Klar, das hat mich nicht gerade zu Begeisterungsstürmen hingerissen, aber dass man geschminkt wird, war ja nun zu erwarten bei einem Modeshooting. Also habe ich brav die Augen zugemacht, wie Brüno das wollte, und hab ihn machen lassen.

Als er fragte, ob ich einen Spiegel wolle, habe ich allerdings sicherheitshalber »Nein, danke« gesagt. Wenn ich nach dem Reingucken vor Schreck in Ohnmacht gefallen wäre, wäre das natürlich nicht nur ärgerlich, sondern vermutlich auch ziemlich peinlich gewesen.

»Geht's dir gut?«, fragte er mich nach vollbrachter Leistung.

»Bestens«, sagte ich tapfer und schielte kurz zu Gregory rüber, aber der verzog keine Miene.

»Dann los!«, rief eine Frau energisch, die Caroline hieß und die Aufnahmen leitete, und klatschte in die Hände, als ob ich ein Zirkushund wäre, der jetzt in die Manege musste.

Ganz genau so fühlte ich mich allerdings auch.

Sie hatten ein kleines Zelt aufgebaut, in dem ich mich jedes Mal umziehen sollte, bis ich alle verschiedenen Kleider und Röcke und Hosen vorgeführt hatte. Als ich mich in die erste Schicht endlich reingezwängt hatte – ein Kostüm aus diesem englischen Tweedstoff, das aussah wie für eine Geschäftsfrau gemacht (warum bloß lassen die das von einer Dreizehnjährigen vorführen?) –, schob mich Caroline erst hierhin, dann dorthin. Dann debattierte sie mit dem Mann, der mit dem Licht fummelte, und schubste mich wieder woandershin.

Ich versuchte mein Bestes, an das schöne Geld zu denken und an die Kamera, die ich mir selbst kaufen wollte und ...

... dann raunzte mich der Fotograf das erste Mal an. »Bitte etwas lebhafter gucken! Wir sind doch nicht auf einer Beerdigung!«

Ich versuchte ein Lächeln.

»Nein! Himmel! Wer hat denn was von Lächeln gesagt? Das ist kein Kindergeburtstag!«

Mein Lächeln fiel auf die Erde und kriegte den ersten Knacks. Ich schielte Hilfe suchend zu Gregory rüber. Der zog die Stirn in Falten und guckte etwas ratlos.

Der Fotograf kam hinter der Kamera hervor und sah mich missbilligend von oben bis unten an. Dann sah er mich nur noch oben an. Mein Gesicht. Und sein Gesicht wurde immer unzufriedener.

»Brüüünooo!«

Brüno kam sofort angehechtet. »Ja, Tom?«

»Dieser Grüntouch steht ihr überhaupt nicht!«

Brüno schluckte. »Ja ... das hab ich auch schon gedacht.«

»Warum nimmst du dann diese Farbe?«, brummte Tom und ging zurück zu seiner Kamera.

Brüno rubbelte wie wild über meinen Augen herum und versuchte, den Puder, den er eben so kunstvoll draufgehauen hatte, wieder abzuwischen und eine neue Schicht aufzulegen.
»Grau ist viiiiel besser«, sagte Brüno nach einer Weile zufrieden und lächelte mich zuversichtlich an.
Ich lächelte schüchtern zurück.
»Nicht so die Augen zusammenkneifen«, meinte Brüno da.
»Okay«, sagte ich und hörte lieber auf zu lächeln.
Tom stand wieder hinter der Kamera und knipste, aber er wurde immer unzufriedener. »Da ist kein Pep drin! Das ist ... das ist nichts! Hier fehlt was!«
Ja, dachte ich. Hier fehlt ein professionelles Model! Kann ich doch nichts dafür, dass ich das zum ersten Mal mache und keine Ahnung habe, wie ich stehen oder gucken soll!
Tom sah sich suchend auf der Stadtparkwiese um. Als ob er am liebsten einen von den Spaziergängern bitten würde, doch lieber für mich einzuspringen.
»Vielleicht da vorne am Springbrunnen«, meinte er. Und wir alle zogen mitsamt dem Licht, dem Lichtmann, den Klamotten, Brüno, Caroline, Tom und dem Stativ fünfhundert Meter weiter zum Springbrunnen.
»Hmmm«, brummte Tom. »Sieht immer noch lahm aus. Total flach.«
Da musste ich schon kräftig schlucken, weil ich merkte, dass sich da ein paar Tränen in meine Augen drängten. Was ja wohl verständlich ist! Wer möchte schon als lahm und flach bezeichnet werden?

»Die meinen nicht dich!«, zischte Gregory zu mir rüber. »Der findet den Hintergrund langweilig. Deswegen guckt der sich ständig so suchend um.«
Das überzeugte mich natürlich nicht. Mir war klar, dass ich das Problem war.
»Guck den Baum an!«
»Tiefer! – Gut so!«
»Jetzt direkt ins Licht! Ja! Super!«
Hatte er super gesagt? Klar, der meinte das Licht! »Und – Ende. Klamottenwechsel!«
Ich war froh, mich ein paar Sekunden im Zelt verkriechen zu können, wo mich keiner sehen konnte. Dummerweise konnte ich aber alles hören.
»So wird das nichts!«, drang deutlich Toms Stimme zu mir. »Das sind die schlechtesten Bilder, die ich seit zehn Jahren gemacht habe!«
Oje, das hätte ich ihnen ja gleich sagen können! Warum hab ich nur Ja zu diesem Job gesagt?
Und warum bin ich dann nur trotzdem wieder rausgegangen und hab mich – diesmal in knallenger Hose und superweitem Mantel, der im Wind flatterte – noch mal vor diese grausame Kamera gestellt?
Tom war nicht glücklicher. Er meckerte und moserte und ließ den Lichttypen hierhin und dorthin hopsen. Ehrlich, ich weiß nicht, ob ich mich jemals schlechter gefühlt habe!
Und jetzt – nachdem Tom sich seine Bilder gerade angeguckt hat – flucht er nur rum, dass sie total öde und flach (was ist das überhaupt für ein Ausdruck?) aussähen und dass das so auf keinen Fall hinhaue.

Und es ist ja wohl klar, dass das meine Schuld ist! Weil ich so was noch nie gemacht habe! Und auch NIE hätte machen sollen! Und . . .

. . . und dann muss ich doch heulen. Und – na klar – da kommt dieser komische Brüno sofort auf mich zugerast und schreit »O-oh! Mon dieu! Was ist denn!« und will mir mit immer mehr braunem Puder und Tupfern im Gesicht rummachen.

NEIN!!! Ich hab genug!!! Ich will hier nur noch weg!!!

Ich schubse ihn von mir und drehe mich um und . . . da steht Gregory vor mir und nimmt mich in den Arm. Und ich heule und heule und es ist mir total egal, dass ich über seine Schulter hinweg sehe, wie Brüno neben mir wie Rumpelstilzchen auf und ab hüpft und immer weiter »Nein! Mon dieu! Deine Augen, denk doch an deine Augen! Die werden gleich ganz rot sein!« ruft.

Und – oh nee, das kann doch einfach nicht wahr sein! – als ich nach dem ersten Tränenstrom wieder etwas klarer gucken kann, sehe ich, dass am Rand der Wiese Tessa und Kenny und Malea und Javier und Ramón wie Gartenzwerge in einer Reihe stehen und mit offenem Mund zu mir rüberstarren. Hilfe, wie lange stehen die da schon?

Kenny läuft mir als Erste entgegen und schmeißt sich in meine Arme. »Liviliii! Hast du dir wehgetan?«

Ich grinse. »Nein, nein, alles okay.«

Jetzt sind auch die anderen da.

»Aber warum weinst du denn dann?«

»Weil . . . weil . . .« Wie erklärt man das einem siebenjährigen Kind? »Weil ich mich einfach ziemlich doof anstelle, weißt du?«

»*Du?* Doof?« Kenny hält das anscheinend nicht für möglich.

Was mich trotz tränennasser Augen lächeln lässt. »Tja.«

Ich schaue zu Tessa rüber. Die sieht aus, als wäre sie von einem Schulbus frontal gerammt worden. Natürlich ohne einen Kratzer abgekriegt zu haben. Sie kann ganz offensichtlich nicht glauben, was sie hier sieht.

»Livi!«, stammelt sie schließlich. »Mann!« Sie kann sich immer noch nicht sattsehen an der Szene. Die Riesenkamera, die Riesenschminkkästen und all die schicken Klamotten – das muss ihr vorkommen wie das Paradies! Bestimmt hält sie es für total ungerecht, dass ich hier stehe und nicht sie!

»Livi!«, wiederholt Tessa immer noch ziemlich sprachlos.

Tom, der jetzt mit energischen Schritten angestapft kommt, ist da weniger auf den Mund gefallen. »Seid ihr alle verrückt geworden? Was ist denn hier los? Und warum heulst du so, Olivia? Du bist doch großartig! Nur dein Make-up ist jetzt total im Eimer. – Obwohl das vorher auch schon reichlich suboptimal war.« Der letzte Satz geht mit einem vorwurfsvollen Seitenblick rüber zu Brüno.

»Hm«, macht Brüno, »ja, das dachte ich auch schon.«

Tessa guckt von einem zum anderen, dann prüfend zu mir rüber, strafft ihre Schultern und man merkt, wie wieder Leben in sie kommt. Anscheinend hat sie sich von der Überraschung erholt. Dann streicht sie sich ihre Locken mit gekonnter Pose aus dem Gesicht und sagt schließlich

ohne eine Spur von Unsicherheit: »Meiner Schwester stehen diese harten Töne nicht. Sie braucht weichere Schattierungen. Darf ich mal?«
Und mit einer ihrer unnachahmlich beinharten Lächelattacken mitsamt dem dazugehörigen Wimperngeklimper und dem dezenten Hüftwackeln nimmt sie Brüno einfach seinen Schminkkasten aus der Hand, schiebt mich zu einem Klappstuhl und beginnt ihr Werk. »Keine Sorge, Livi! Das haben wir gleich. In drei Minuten wirst du fan-tas-tisch aussehen!«
Sie strahlt mich so überzeugend und lieb an, dass mir beinahe noch mal die Tränen kommen. Oh, tut das gut, meine große Schwester hier neben mir zu haben!
Tom und Brüno starren Tessa verblüfft an. So viel Frechheit haben sie vermutlich noch nicht oft gesehen.
Ich kann direkt spüren, wie Tessa die beiden um den Finger wickelt, ohne auch nur noch einen Satz zu sagen. Und in diesem Moment finde ich diese Fähigkeit von ihr weder nervig noch peinlich. Nein, in diesem Moment bin ich richtig, richtig stolz auf meine Schwester. Ist sie nicht einfach toll?
Als Tessa fertig ist, brauche ich wieder keinen Spiegel. Ich bin absolut sicher, dass sie mich so gut hingekriegt hat, wie es nur eben möglich ist.
Auch Brüno und Tom scheinen das zu finden. Denn Tom schaut mich zum ersten Mal heute richtig glücklich an und Brüno hat die Lippen zusammengekniffen, aber kann nicht anders, als Tessa zu loben. »Ja, das sieht ziemlich gut aus.«

»Das sieht perfekt aus!«, ruft Tom. »Endlich!«
Und los geht es wieder mit dem ganzen Lichtgefummel und Hochgegucke und Runtergegucke. Nur dass jetzt meine Schwestern da sind und mich anfeuern, wenn ich müde werde.
Tom sagt fast überhaupt nichts mehr, sondern grinst nur zufrieden.
Und dann will er plötzlich, dass meine Schwestern auch mit rauf auf das Bild sollen. Weil der Hintergrund immer noch zu langweilig ist.
Wohlgemerkt, der Hintergrund! Nicht ich! Nein, mich hat er jetzt schon mindestens dreimal gelobt! Vielleicht hält er mich tatsächlich für hübsch?
Irgendwie fühlt sich alles plötzlich wieder gut an und richtig. In den Pausen grinse ich glücklich zu Gregory rüber und der hält den Daumen hoch und quatscht dann weiter mit Javier und Ramón, weil Tom zwar meine Schwestern, aber leider keine Jungs im Bild haben möchte. Was die drei aber nicht weiter zu stören scheint.
Habe ich mich je über zu wenig Unterstützung von meiner Familie beklagt?
Mann, was wäre wohl passiert, wenn meine Schwestern nicht aufgetaucht wären? Dann hätte ich ganz sicher meine Sachen gepackt und auf das schöne Geld verzichtet und hätte auch nie erfahren, dass ich wirklich – äh – hübsch bin.
Ähm, bin ich das?
»Super, Olivia! Großartig!«, brüllt Tom hinter seiner Kamera. »Ja, jetzt darfst du lächeln! Los, mehr! Ja! Zauber-

haft, diese rotblonden Haare und die großen Augen! Und dieser Teint dazu! Süß, gaaanz süß!«

Mein Gott, ich BIN hübsch!

BEATRIX MANNEL

Allein unter Kühen

Es ist noch stockdunkel, als ich an diesem Morgen durch meterhohe Schneewehen zur Schulbushaltestelle an der Landstraße stapfe. Wie immer bin ich ganz allein. Um diese Zeit ist noch niemand unterwegs. Von wegen alle Bauern sind Frühaufsteher. Um mich herum sieht man nichts anderes als öde schneebedeckte Kuhweiden.
Obwohl mindestens hundert Grad unter null sind und beim Atmen weiße Wölkchen in den Himmel schweben, merke ich, wie mir der Schweiß ausbricht. Und das liegt bestimmt nicht an dem dicken Wollpullover und der Daunenjacke.
Gleich wird der Bus kommen. Gleich geht es wieder los, wie an jedem Morgen. Dann werde ich nicht mehr allein sein, weil in dem Bus eine Gruppe tückischer Monster auf mich wartet. Die Monster sehen aus wie nette Mädchen und haben auch Namen wie nette Mädchen: Sofia und Alicia, Katharina und Alexandra. Sofia und Alicia sind blond und gestylt wie Heidi Klum. Katharina und Alexandra tragen ihre Haare immer so wie Victoria Beckham, nur passen ihre runden Gesichter nicht wirklich dazu. Ich nenne sie die Sakas, abgekürzt nach ihren Vornamen.

Solange irgendwelche Erwachsenen in der Nähe sind, verhalten sich die Sakas süß wie Zuckerwatte. Aber der Schein trügt. In Wirklichkeit sind diese vier Hexen die schlimmsten Zicken, die ich je erlebt habe.
Sobald ich mit ihnen alleine bin, hacken sie unentwegt auf mir herum. Ich habe keine Ahnung, warum. Ich bin halt die Neue und mich interessiert so ein Modelgetue nicht die Bohne. Na ja, ein bisschen merkwürdig bin ich vielleicht wirklich. Meine Haare haben die Farbe von getrocknetem Ketchup und dazu heiße ich bedauerlicherweise auch noch Lila. In Berlin, wo wir vorher gewohnt haben, war Lila trotz meiner Haare vollkommen okay. In Berlin haben irgendwie alle komische Namen. Bülent und Imka, Nadeshta, und sogar einen Ararat hatten wir. Und Esa! Esa ist die allerbeste Freundin der Welt. Und leider ist Esa auch immer noch in Berlin, während ich mich hier am Ende der Welt mit diesen Aliens rumschlagen muss.
Da kommt der Bus und schon bekomme ich weiche Knie und klatschnasse Hände. Als ich einsteige, geht es sofort los. »Mensch, Lila, du siehst ja heute fast so schön aus wie die Wasserleiche im letzten Tatort«, kreischt Alexandra. »Alle mal hersehen: eine Lilakopfwundenleiche.«
Ich habe keine Ahnung, was sie meint. Ich trage den gleichen dunkelbraunen Daunenmantel wie sonst auch, nur andere Handschuhe, denn die haben sie mir gestern geklaut und dann im Klo runtergespült.
Esa hat ja die Theorie, dass die vier Landeier mich eigentlich ganz toll finden und nur neidisch sind. Worauf auch

immer. Aber ich glaube das nicht. Ich bin ja nicht die Einzige, die sie fertigmachen. Selbst die Jungs lassen sie nicht in Ruhe. Gestern bei der Mathearbeit hat Alicia behauptet, Lukas hätte bei ihr abschreiben wollen. Das war doppelt gemein, weil Lukas nämlich eine Null in Mathe ist. Unser Mathelehrer hat Alicia deshalb auch sofort geglaubt und Lukas einen Verweis geschrieben.
Während ich versuche, mich an den anderen vorbei durch die Sitzreihen zu schieben, hält mich Katharina am Jackenärmel fest und sagt: »Wir haben uns etwas für dich überlegt!«
»Ist mir egal«, lüge ich, weil Esa meint, Gleichgültigkeit ist die beste Taktik.
»Wir nehmen dich in unsere Clique auf, wenn du bereit bist, eine Mutprobe zu machen«, sagt Alexandra und holt einen Fettstift mit Perlmuttschimmer aus ihrem »Hello-Kitty«-Kosmetiktäschchen.
»Wer hat gesagt, dass ich in eure Clique will?«, versuche ich, möglichst cool zu antworten, und spüre dabei meinen Herzschlag im Hals pochen.
Alexandra wirft mir ein bezauberndes, aber hinterhältiges Lächeln zu, während sie den Lipgloss an Katharina weiterreicht. »Ohohh, sie ist auch noch feige!« Alicia verdreht die Augen.
Im Bus ist es mittlerweile ziemlich still geworden. Alle starren mich an und wollen hören, wie ich reagiere.
In meinem Kopf wirbeln verschiedene mögliche Antworten durcheinander. Ich könnte sagen: Feige seid hier doch nur ihr oder lasst mich einfach in Ruhe. Nein, das ist alles

nicht cool genug. Aber je länger das Schweigen dauert, desto grauenhafter wird es.
Endlich fällt mir etwas ein. »Dann sind Madonna, Angelina Jolie und Victoria Beckham wohl auch feige, oder wie?«
Die vier sind tatsächlich eine Sekunde sprachlos.
»Die sind ja genauso wenig Mitglieder in eurer Clique!«
Ich atme erleichtert aus und bilde mir ein, leises Kichern hinter uns zu hören.
Die vier starren sich an. »Die Lilaleiche ist komplett verrückt geworden!« Alicia schüttelt ihre blonden Heidi Klum-Fransen. »Ich meine«, sie sieht mich an und zeigt mir einen Vogel, »das Einzige, was du mit Madonna und Victoria Beckham gemeinsam hast, ist doch, dass du zum Pinkeln auch aufs Damenklo gehst.«
Grölendes Gelächter schallt durch den Bus und ich spüre, wie mein Kopf sich in eine glühende Tomate verwandelt. Am liebsten möchte ich im Erdboden versinken. Ich werde diese Ziegen einfach nie besiegen. Vielleicht sollte ich doch die Mutprobe machen. Wenn ich dann zu ihnen gehöre, lassen sie mich bestimmt in Ruhe und vielleicht kann man ihnen dann auch endlich mal die Meinung sagen. Höchste Zeit, dass sich jemand traut. Ich atme tief durch.
Endlich ist der Bus an der Schule angekommen. Obwohl sie mitten im Bayerischen Wald liegt, ist diese Schule viel größer als meine alte in Berlin. Auf dem Weg zu unserer Klasse passen mich die Sakas im Flur ab und umringen mich.
»Du Feigling hast es zwar nicht verdient, aber wir geben

dir noch eine Chance. Wir sind ja keine Unmenschen«, flötet Sofia. So viel falsche Freundlichkeit bedeutet nichts Gutes, sondern nur eine Falle, warne ich mich selbst.
In diesem Moment läuft Herr Borkhart, unser Mathelehrer, an uns vorbei. »Grüß Gott, Herr Borkhart«, säuseln die vier, wie aus einem Mund. Falsche Schlangen, denke ich.
»Also, wenn du dich heute Nacht traust, in das Futtersilo von Sofias Eltern zu springen, dann nehmen wir dich bei uns auf«, erklärt Alexandra. Ich antworte nicht, sondern stoße die anderen zur Seite und verschwinde in unserem Klassenraum.
In ein Futtersilo springen. Eigentlich klingt das nicht so schwer. Futter ist bestimmt so etwas wie Heu, Gras und Klee, da kann man sich nicht wehtun. Aber es muss ein Haken dabei sein. Ich boxe Paul in die Seite, der neben mir sitzt und dessen Eltern eine Hühnerfarm haben. Mit Futtersilos wird er sich wohl auch auskennen.
»Paul«, flüstere ich, »sag mal, ist es schwer, in ein Futtersilo zu springen?«
Paul verdreht die Augen. »So was Dämliches kann nur eine aus der Stadt fragen.«
»Bitte!«, flehe ich ihn an. Borkhart wirft mir schon böse Blicke zu.
»Reinspringen ist ganz leicht, die Frage ist nur, ob du lebend wieder rauskommst«, wispert Paul zurück.
»Wieso? Was ist so gefährlich daran?«
»In so einem Silo entstehen Gase, die können dich bewusstlos machen und dann töten.«

Mir wird kotzübel. Ich habe die Sakas unterschätzt. Scheinbar gehen sie auch über Leichen. Das darf doch nicht wahr sein! Was mache ich denn jetzt? In jedem Fall muss ich Beweise dafür sammeln, dass sie derart gefährliche Sachen von mir verlangen. Vielleicht sollte ich heute Abend mit dem Handy alles heimlich filmen.
Nach der Mathestunde warten die Sakas schon wieder auf mich und fragen, ob ich mir die Sache überlegt habe.
»Na klar mach ich das, gegen S-Bahn-Surfen ist so ein Sprung ins Futtersilo ja lächerlich!«, behaupte ich und verschweige natürlich, dass ich noch nie in meinem Leben S-Bahn-Surfen gemacht habe.
Die vier sehen sich an, zwinkern und unterdrücken ein Lachen. Ich kriege schon wieder ein ganz ungutes Gefühl. Dann verabreden wir, dass ich um neun Uhr abends zum Kuhstall von Sofias Eltern kommen soll.
Jetzt muss ich nur noch dafür sorgen, dass Mama und Papa nichts von der ganzen Sache mitbekommen. Zum Glück ist der Biohof von Sofias Eltern nur knapp zwei Kilometer von unserem Haus entfernt.

»Lila, da bist du ja, meine Große«, begrüßt mich Mama, als ich mittags nach Hause komme. Ich habe ihr nichts von den Schikanen durch die Clique erzählt, weil sie sich nur aufregen würde. Sie denkt, es geht mir gut in der neuen Schule und dieser gottverlassenen Einöde. Mama ist schwanger mit Zwillingen und braucht viel Ruhe.
»Kochst du uns einen Tee?«, fragt sie aus dem Wohnzimmer, wo sie es sich mit ihrem riesigen Bauch unter einer

Decke bequem macht. Ich stöhne innerlich. Bestimmt will Mama sich jetzt in aller Ruhe über meinen Tag unterhalten. Dabei will ich eigentlich auf dem schnellsten Weg zu meinem Computer und Esa mailen. Ich brauche unbedingt ihren Rat, wie ich mich heute Abend verhalten soll.
Ungeduldig koche ich uns Zitronentee. Beim Teetrinken erzähle ich Mama schnell, dass in der Schule alles bestens läuft und alle total nett zu mir sind. Ich bin froh, als wir endlich fertig sind und ich in mein Zimmer gehen kann.
Esa ist nicht online. Mist! Na ja, ich werde das schon auch alleine hinkriegen, mache ich mir Mut. Dann lade ich mein Handy, damit nicht ausgerechnet dann der Akku leer ist, wenn ich die ersten Beweisfotos schießen will.
Am Abend sind meine Eltern schon ein bisschen überrascht, als ich um halb neun verkünde, ich würde jetzt schon ins Bett gehen. Aber ich glaube, sie haben keinen Verdacht geschöpft. Ich hoffe, dass mein zusammengerollter Schlafsack unter der Decke von Weitem für sie so aussehen wird wie ich, wenn ich schlafe.
Leise schleiche ich mich durch den Keller nach draußen. Der Schnee knirscht unter meinen Füßen, während ich so schnell wie möglich zu Sofias Elternhaus laufe. In der rechten Hand halte ich mein Handy umklammert. Heute Nacht kriege ich sie dran.
Als ich mich dem Bauernhof nähere, strahlen mich die vier mit Taschenlampen an.
»Bist du bereit?«, fragen sie mich, und als ich nicke, leuchtet Sofia auf ein riesiges rundes Gebäude, das wie ein stählerner Leuchtturm aussieht. Mir wird ganz mulmig. Da-

hinauf zu steigen, das ist ja der pure Wahnsinn. Trotzdem versuche ich, lässig zu bleiben. Mal sehen, wie weit sie gehen werden.

»Okay, wo ist die Leiter?«

»Dort drüben.« Sofia leuchtet auf die Leiter an der Außenseite des Silos. In diesem Moment starte ich unbemerkt die Videofunktion auf meinem Handy. »Und was passiert, wenn ich da nicht raufsteige?«, frage ich unschuldig.

»Gar nichts!« Die vier prusten los. »Das ist viel zu gefährlich. Wir haben dich aus einem ganz anderen Grund hergelockt«, kichert Sofia.

Mist, jetzt kann ich das mit dem Video vergessen.

Plötzlich stülpt mir eine von hinten einen Jutesack über den Kopf. Ich kriege kaum Luft und mein Herz fängt an, wie verrückt zu schlagen. Die Sakas ignorieren meine Protestschreie und treiben mich kichernd über den Hof.

»Wir geben dir eine einmalige Chance, das Bauernleben live zu erleben. Du darfst den Kuhstall ausmisten, Sofia hat nämlich keine Lust dazu«, höre ich Katharina neben mir sagen. »Ihre Eltern sind auf der Grünen Woche in Berlin und erwarten von Sofia, dass der Stall morgen früh tipptopp sauber ist.«

»Und meine Eltern wissen, dass ich hier bin und werden die Polizei rufen, wenn ich nicht bald zurückkomme.« Langsam verfliegt meine Angst, stattdessen werde ich wütend.

Plötzlich verpasst mir jemand eine Kopfnuss und Alicia ruft mir verächtlich entgegen: »Dann wärst du ja noch blöder, als ich dachte.« Ich höre, wie die schwere Stalltür geöffnet wird, dann schubsen sie mich hinein. Es ist warm und dampfig und riecht nach Kühen. Durch die Löcher im Gewebe des Sacks kann ich den hell erleuchteten Stall erkennen. Die Kühe laufen frei herum, nur einige liegen auf dem dicken Stroh. Endlich wird mir der Sack wieder vom Kopf gerissen. Ich hole erst mal tief Luft. Aber dann stelle ich mit Entsetzen fest, dass manche von den Kühen sogar Hörner haben. Hilfe!

Ich will hier sofort raus. Diese Viecher machen mir noch mehr Angst als die vier mit ihren Gemeinheiten.

»Wenn du es bis morgen früh schaffst, den ganzen Mist wegzuschaffen, dann gehörst du zu uns, wenn nicht, dann gnade dir Gott. Hier drüben findest du frisches Heu und hier ist die Schubkarre für das alte. Das schüttest du dort drüben auf einen Haufen. Wir sehen uns morgen.«

Grinsend stehen die Sakas um mich herum und versperren den Weg zur Tür. »Kleiner Extratipp von mir«, sagt Sofia. »Die Kühe mögen es gar nicht, wenn man sich ihnen von hinten nähert. Pass also gut auf.«

Mit diesen Worten drehen sie sich um, laufen aus dem Stall und schlagen mir die Tür vor der Nase zu. Plötzlich ist es abgesehen von leisem Rascheln im Stroh ganz still. Ich bin allein. Allein unter Kühen. Wir starren uns an, ich sie und die Kühe mich.

Unter uns dampft der warme Kuhmist im Heu. Ich dachte immer, in den Ställen wäre heute alles vollautomatisch. Aber auf diesem Biohof ist alles noch wie aus dem letzten Jahrhundert. Ich warte noch eine halbe Minute, bis ich mir ganz sicher bin, dass die anderen nicht mehr in der

Nähe sind, dann renne ich zur Tür. Sie ist verschlossen. Ich rüttle und trete probehalber dagegen. Nichts passiert, außer, dass mein Knöchel jetzt höllisch wehtut. Na super, Lila, das hast du ja wirklich toll hingekriegt!
Als ich mich umdrehe, glotzt mir eine Herde von mindestens zwanzig Kühen entgegen. Sie scheinen mich zu taxieren, als würden sie überlegen, wer mich als Erster auf die Hörner nehmen soll. Zwei von ihnen bewegen sich langsam und schwankend auf mich zu. Was mache ich denn jetzt? Halb in Panik sehe ich mich nach einem Versteck um. Aber in so einem Kuhstall gibt es keine Verstecke. Es ginge höchstens dort drüben hinter den aufgestapelten Heuballen. Ich spurte um zwei Wassertröge herum und springe mit einem Riesensatz dahinter. Schwer atmend wage ich nach ein paar Minuten einen vorsichtigen Blick über die Kante des Ballens ... und erschrecke mich fast zu Tode. Mit der Stirn bin ich beinahe an eine feuchte Kuhnase gestoßen und zwei riesige braune Augen starren mir erwartungsvoll entgegen. Eine der Kühe wollte wohl nachsehen, wo ich geblieben bin. »Brave Kuh«, sage ich und versuche, noch weiter nach hinten zu gehen, aber da ist leider schon die Stallwand. Ganz ruhig, beruhige ich mich innerlich. Denn die Kuh bleibt, wo sie ist, und kaut friedlich vor sich hin. Ich frage mich, was sie wohl denkt. Und plötzlich kommt mir die ganze Situation so absurd und komisch vor, dass ich laut anfange zu lachen. Die Kuh schreckt zurück und rollt mit den Augen, bevor sie sich abwendet und mir beleidigt ihr Hinterteil zuwendet. Ich muss noch mehr lachen und fühle mich gleich viel leichter

und mutiger. Diese vier Zicken können ihren Kuhstall selber ausmisten. Ich werde das jedenfalls nicht tun, nie im Leben. Gut, dass ich mein Handy dabeihabe. So kann ich jetzt doch ein paar Fotos schießen. Esa wird Augen machen, wenn sie die zu Gesicht bekommt. »Ihr seid die größten Stars!«, flüstere ich den Kühen zu, um sie aufzumuntern, sich ein bisschen in Pose zu werfen. Aber die Vierbeiner mit den Glupschaugen wollen nur fressen und schlafen. Während ich es mir hinter den Heuballen bequem mache, überlege ich mir Namen für sie. Die braune heißt Penelope, die fast schwarze mit den Hörnern nenne ich Eddie ...

Plötzlich schrecke ich hoch. Ich muss zwischen den Heuballen eingeschlafen sein, das Handy halte ich immer noch in der Hand. Was war das? Da ist ein Geräusch an der Tür. Jemand schließt das Schloss auf.

Na endlich, das wird aber auch Zeit!

Ich verlasse meinen gemütlichen Platz hinter den Heuballen und will gerade zum Tor vorstürmen, als mir klar wird, dass etwas nicht stimmt. Kein Gekicher. Kein Geflüster. Da öffnet sich die Tür und ein Mann tritt in den Lichtschein. Er schleicht in den Stall, schließt vorsichtig das Tor von innen und huscht wie ein lautloser Schatten zu den Wassertrögen.

Ich halte vor lauter Schreck die Luft an und quetsche mich an die Wand, damit er mich nicht entdeckt.

Bei den Wassertrögen bleibt er stehen und füllt Flüssigkeit aus einem Röhrchen in das Wasser. Immer wieder sieht er sich verstohlen dabei um und grinst, als wäre das

alles ein großer Spaß. »Jetzt ist Schluss mit Bio!«, murmelt er und verzieht verächtlich die Mundwinkel.
Ohne lange nachzudenken, richte ich, obwohl mir die Hände vor lauter Angst zittern, die Handykamera auf ihn. Vorsichtig, um kein Geräusch zu verursachen, schiebe ich meine Hand etwas höher und filme ihn, wie er das nächste Röhrchen in das Wasserbecken leert.
Die schwarz-weiß gefleckte Kuh, die mir vorhin in mein Versteck gefolgt ist, trottet langsam zu dem Mann und trinkt aus dem Wasserbecken. Der Mann ist scheinbar ganz begeistert von seinem Erfolg und klopft der Kuh lobend den Hals.
Plötzlich wird mir klar, dass ich auf keinen Fall einfach weiter zuschauen kann, was der Typ da treibt. Was ist, wenn er Gift in das Becken schüttet? Ich muss ihn stoppen.
»Hey, Sie da!«, rufe ich und klinge viel mutiger, als ich mich fühle. Gleichzeitig springe ich hinter meinem Heuballen hervor.
Der Mann lässt vor Schreck das Röhrchen fallen und starrt mich einen Moment an, als wollte er sich auf mich stürzen. Doch dann schnappt er sich das Röhrchen vom Boden und rennt aus dem Stall, als ob ein Schwarm Hornissen hinter ihm her wäre.
Ich stehe einen Moment wie angewurzelt da. Die Stalltür ist offen, ich könnte also sofort raus und nach Hause rennen.
Aber was ist mit dem Zeug, das er in die Becken gekippt hat. Die Kühe dürfen das auf keinen Fall trinken! Ich soll-

te die Wasserbecken ausschütten und ausspülen, aber ich habe keine Ahnung, wie man so etwas macht.
Also gibt es nur eine Möglichkeit, ich muss zu der schrecklichen Sofia zum Haupthaus hinüber und Alarm schlagen.
Schnell renne ich über den dunklen Hof auf das Wohnhaus zu und läute Sturm. Es dauert eine halbe Ewigkeit, bis Sofia endlich auftaucht. Mit verstrubbelten Haaren und in einem Bärchenpyjama sieht sie beinahe wie ein menschliches Wesen aus.
»Spinnst du?«, fragt sie verschlafen und öffnet zögernd die Tür. Jetzt ist keine Zeit für umständliche Erklärungen, also platze ich sofort heraus: »Da hat so ein Kerl etwas in das Wasser von den Kühen geschüttet. Wir sollten verhindern, dass sie etwas davon trinken, oder glaubst du, das waren Vitamine?«
»Moment mal, nicht so schnell, wie bist du überhaupt rausgekommen?«
»Ihr habt den Schlüssel außen stecken lassen, so ist der Typ auch reingekommen. Als er mich gesehen hat, ist er weggerannt und hat die Stalltür offen gelassen.«
»Verdammt, meine Eltern bringen mich um, das sind unsere besten Milchkühe.« Sofia hat sich mittlerweile schon eine Strickjacke über den Schlafanzug gezogen und ist mit dicken Wollsocken in ein Paar Gummistiefel geschlüpft.
»Los, los beeilen wir uns!«
Wir rennen zurück zum Stall. Atemlos erzähle ich ihr währenddessen, was ich dort beobachtet habe. Im Stall zeigt mir Sofia, wie man die Becken entleeren kann, und

rollt einen dicken Schlauch aus, der hinter einer Säule versteckt war. Da fällt mir noch etwas ein.
»Sollten wir nicht etwas von dem Wasser aufheben, damit deine Eltern dann prüfen können, was der Typ hineingeschüttet hat?«
»Gute Idee!« Sofia wirft mir einen bewundernden Blick zu. »Warte hier und halte die Kühe davon ab, etwas zu trinken, ja?«
Wenige Minuten später ist Sofia mit einem leeren Marmeladenglas zurück. Sie schöpft Wasser aus dem Becken hinein und verschließt es. Danach beeilen wir uns, die Becken sauber zu kriegen, und füllen frisches Wasser nach. Bei der Aktion werde ich ziemlich nass und meine Füße stecken knöcheltief im Mist.
Wir arbeiten schweigend. Sofia spricht freundlich mit den Kühen und ruft sie beim Namen, Eddie heißt eigentlich Jupiter und Penelope nennt sie Venus. Sie ist so freundlich zu den Kühen, dass ich mir beinahe wünsche, auch eine zu sein.
»Warum bist du immer so gemein zu mir?«, frage ich sie schließlich, als wir es fast geschafft haben.
»Wie meinst du das?« Sofia weicht meinem Blick aus.
»Du weißt, was ich meine. Andauernd macht ihr mich fertig, mich und Paul und Lukas. Was soll das?«
Sofia zuckt mit den Schultern. »Keine Ahnung.«
»Wie keine Ahnung?«
Sie stöhnt genervt auf. »Hör mal, ich war zwei Jahre lang die Blöde von dem Biohof, deren Eltern verrückte Spinner sind, die keine Ahnung von Landwirtschaft haben.

Und als Alexandra mich dann endlich in ihre Clique aufgenommen hat, da war ich verdammt froh.«

»Musstest du auch eine Mutprobe machen?«

Sofia grinst. »Na klar. Ich musste eine Kuh melken. Und weil das bei denen zu Hause von einer Maschine gemacht wird und sie das ziemlich eklig finden, haben sie gedacht, das wäre schlimm für mich.« Sofia verzieht spöttisch ihren Mund.

»Eigentlich haben die Mädels nämlich alle gewaltigen Schiss vor den Kühen. Vor allem Alexandra und Alicia. Die beiden hassen es, dass ihre Eltern Landwirte sind. Sie fänden es viel cooler, wenn sie so etwas machen würden wie deine Eltern.«

Ich bin sprachlos. Meine Mutter ist Sekretärin und mein Vater denkt sich neue Kühlschränke aus. Das ist wirklich hochglamourös und aufregend!

Sofia sieht mich von der Seite an. »Danke«, sagt sie nach einer Weile und reicht mir ihre verdreckte Hand, ich packe sie und habe das Gefühl, alles könnte doch noch gut werden.

»Danke«, wiederholt sie, »es war nett, dass du nicht abgehauen bist, sondern zuerst an die Kühe gedacht hast, obwohl wir dich eingesperrt haben.«

»Und wird das jetzt etwas ändern?«, frage ich.

Sofia seufzt. »Es wird schwierig. Aber ich werde mit den anderen reden. Versprochen. Und jetzt sollten wir uns das nasse Zeug ausziehen.«

Wenig später renne ich, so schnell ich kann, nach Hause und bin total erleichtert, als ich Mama und Papa leise schnarchend vor dem Fernseher im Wohnzimmer finde. Sie haben also nichts gemerkt.

Am nächsten Morgen ist es dann allerdings mit der Ruhe vorbei, weil ununterbrochen das Telefon klingelt. Erst sind es Sofias Eltern, dann die Polizei. Ich muss eine Aussage auf dem Revier machen und soll meinen Handyfilm zeigen.

Papa ist zwar erst mal ziemlich sauer, als er die ganze Geschichte hört und erfährt, dass ich nachts einfach abgehauen bin. Aber nach einer Weile merke ich, dass er auch stolz auf mich ist, weil ich die Kühe vor einer Vergiftung gerettet habe. Zur Feier des Tages geht er mit mir nach dem Besuch auf dem Revier einen Burger essen.

Am Sonntagnachmittag klingelt Sofia an der Tür. Jetzt trägt sie wieder enge Jeans mit Lackledergürtel und ihre Haare sind gestylt à la Heidi Klum. Mein Herz klopft schneller, weil ich mich frage, was ihr Besuch zu bedeuten hat.

»Hi«, sagt sie, »ich dachte, du willst bestimmt wissen, was der Typ mit den Kühen vorgehabt hat. Darf ich reinkommen?«

»Klar.«

Wir gehen in mein Zimmer. Es ist das erste Mal, dass mich hier jemand besucht. Sofia schaut sich meine lila Wände an und schnalzt anerkennend mit der Zunge. »Cool. Alexandra wäre grün vor Neid. Sie hat eine Rosentapete und hasst sie wie die Pest.« Dann erzählt Sofia, dass der Mann letzte Nacht Antibiotika in das Wasser geschüttet hat.

»Das verstehe ich nicht.« Ich bin ein bisschen enttäuscht.

Eigentlich habe ich mir gewünscht, es wäre ein richtig fieses Gift gewesen, dann hätte ich mich wie eine echte Heldin fühlen können. »Schaden diese Medikamente den Kühen?«

»Nicht direkt, aber dem Menschen, wenn er dann solche Kühe isst oder ihre Milch trinkt. Der Mann wusste, dass unser Hof demnächst von Ökotest geprüft werden soll. Und auf Biohöfen dürfen solche Medikamente nicht eingesetzt werden. Meine Eltern hätten das Fleisch nicht als Biofleisch verkaufen dürfen und ihr guter Ruf wäre auch futsch gewesen.«

»Und konntest du schon mit den anderen über meine *Mutprobe* reden?«

Sofia nickt und beißt sich gleichzeitig auf die Lippen. »Sie glauben, dass du nur eine große Show abgezogen hast, und sehen mich jetzt als Verräterin.«

»Und du, wie siehst du das?«

»Ich denke ...«, sie zieht ihre Augenbrauen düster zusammen und mir fällt das Herz in die Hose.

»... ich denke, ich werde morgen früh zu deiner Bushaltestelle kommen und mit dir einsteigen. Zusammen kriegen wir das schon hin, oder?« Sie lächelt mich fragend an.

»Ja, ganz bestimmt«, sage ich und bin unheimlich erleichtert.

»Dann bis morgen.« Sofia verabschiedet sich mit einem Küsschen rechts und links. Den Rest des Tages verbringe ich damit, Esa alles haarklein zu erzählen.

Und als ich am Montag in den dunklen frostigen Morgen hinausstapfe, da freue ich mich zum ersten Mal auf den Bus.

ILONA EINWOHLT

Zicken, Zoff und Herzgeflüster

Was gibt es Schöneres, als mit der besten Freundin in den Urlaub nach Mallorca zu fliegen? Doch auf Celine und Sophie wartet gleich am ersten Urlaubstag eine echte Herausforderung. Gerade noch rechtzeitig entdeckt Sophie den kleinen Jungen auf dem Grund des Hotelpools. Während der Bademeister scheinbar keine Ahnung von Lebensrettung hat, zieht Sophie Friedolin aus dem Wasser und rettet ihn vor dem Ertrinken. Als Dank lädt seine Mutter die beiden Freundinnen zu einem Action-Strandtag ein, zu Sophies großer Freude in Begleitung von Friedolins großem Bruder Tim. Der ist so ziemlich der süßeste Blondschopf des ganzen Hotels.

Am nächsten Morgen ist Sophie völlig aus dem Häuschen. Nachdem sie mir gestern Abend und die ganze Nacht wieder und wieder die Geschichte mit dem Wiederbelebungsversuch erzählt hat und ich wieder und wieder geduldig zugehört habe, tanzt sie jetzt ausgelassen mit meinem iPod durchs Zimmer.

»Hey«, rufe ich und werfe meinen linken Flipflop nach ihr. »Zieh mal deinen Badeanzug an, wir sind um elf Uhr am Strand verabredet.«
Sophie hört nichts und tanzt weiter. Erst als mein rechter Latschen sie am Bein trifft, dreht sie sich zu mir um.
»Hey, was soll das?«, sagt sie und lässt meine Flippis durch die Luft segeln. »Und wieso Badeanzug? Wozu habe ich meinen Bikini?«
»Dann kannst du ja gleich nackig laufen«, antworte ich und tippe mir an die Stirn. »Meinst du, ich hab Lust, dass mir beim Bananenboot-Fahren irgendwas verrutscht?« Lachend greife ich mir an meine Brüste und quetsche sie zusammen. So sehen sie aus wie Orangen und ich finde, ich kann mich mit ihnen sehen lassen.
»Celine, du denkst an alles!« Sophie kommt zu mir und knutscht mich ab. »Klar ziehe ich meinen Badeanzug an. Und den Sunvisor auch.«
Eine halbe Stunde später stehen wir unten an dem Türchen zum Strand. Die Frau mit dem kleinen Jungen steht bereits da und wartet. Gestern Abend haben wir noch lange über den Vorfall diskutiert. Meine Mutter war völlig geschockt, als sie davon erfuhr, und meinte, so was wie mit dem Bademeister dürfe nicht passieren.
»Hallo«, begrüßt uns Friedolin jetzt fröhlich. »Ich bekomme nachher ein Eis.«
»Prima«, sagt Sophie und wuschelt ihm durch die Haare. »Aber heute ohne absaufen, versprochen?« Sie hält ihre Hand hin und der Junge schlägt ein.
»Hallo, ihr zwei!«, begrüßt uns seine Mutter. »Tim ist

schon mal vorgegangen, ein Boot reservieren. Ihr wollt doch Tretboot fahren, oder?«
Wir nicken und laufen durch den Sand runter ans Meer. Zu blöd, meine Flipflops liegen jetzt oben in der Ecke, jetzt kneift mich der Sand zwischen den Zehen. Der Blondschopftyp steht bereits mit einem Tretboot im Wasser und winkt uns entgegen. »Hey, cool, dass ihr da seid!« Er sieht unverschämt gut aus. Kein Wunder, dass Sophie schon wieder rot wird. Irgendwie bringt sie auch kein Wort heraus, sondern klettert nur auf den Sitz und strampelt einfach los.
»Halt, warte!« Tim springt mit einem Satz auf den anderen Sitz und schnappt das Ruder. »Deine Freundin will doch auch noch mit.«
Er lächelt mich freundlich an und zieht mich an Bord. Na super, denke ich, drei sind einer zu viel. Tim ist echt nett, aber mindestens vier Jahre älter als wir. Sicher hat er zu Hause eine total süße Freundin, die er küsst und so, und bei dem Gedanken bin ich es jetzt, die plötzlich rot wird.
Tim und Sophie treten in die Pedale, was das Boot hergibt und dann sind wir auf einmal ziemlich weit draußen auf dem Meer. Der Strand mit seinen vielen Menschen liegt hinter uns, das Wasser glitzert und ringsherum gibt es außer uns höchstens noch zwei, drei einzelne Schwimmer.
»Komm, wir springen«, ruft Sophie und legt einen astreinen Kopfsprung vor. Tim hechtet ihr hinterher und ich beobachte, wie die zwei sich im Wasser balgen.
»Komm doch auch rein, Celine«, ruft mir Sophie zu. »Das Wasser ist herrlich.«

»Keine Lust«, grummle ich. »Ich döse lieber ein bisschen.« Das ist mir echt zu blöd mit diesen zwei Turteltauben. Tim hilft Sophie jetzt wieder hoch. Dabei hält er seine Hand für meinen Geschmack etwas zu lange auf ihrem Po. Er selbst zieht sich ganz locker auf den Sitz zurück.

»Dann fahre ich euch eben ein bisschen«, sagt er und tritt auch schon los. »Immerhin ist es eure Belohnungsfahrt dafür, dass ihr gestern meinen Bruder gerettet habt.«

Immerhin brauchst du deswegen meine Freundin nicht gleich so anzugrapschen, denke ich, lehne mich aber dennoch genüsslich zurück und lasse die Sonne in mein Gesicht scheinen. Sophie sitzt neben Tim und müsste eigentlich auch mittreten. Ich bin mir aber nicht sicher, ob sie es auch wirklich macht oder nur so tut. Wahrscheinlich schielt sie die ganze Zeit auf seine durchtrainierten Beine. Von wegen no Jungs!

Nach genau einer Stunde fährt uns Tim an den Strand zurück. Das Tretboot schubbert im Sand und bleibt stehen, während Sophie und ich runterspringen.

»Geht schon«, nuschle ich und ignoriere einfach Tims ausgestreckte Hand, die er mir lächelnd hinhält. Ist der denn immer nur am Grinsen?, frage ich mich. Blöderweise ritze ich mir beim Runterspringen meinen Fuß an einer Muschel auf, tue aber einfach so, als sei nichts passiert. Sagte ich eigentlich schon, dass ich Sand zwischen den Zehen nicht leiden kann?

Sophie, die blöde Kuh, lässt sich von Tim beinahe aus dem Boot heben.

»Das war eine supercoole Fahrt, danke«, säuselt sie und

ich weiß nicht, was mit meiner besten Freundin plötzlich los ist. Das wird sie mir heute Abend auf unserem Matratzenlager erklären müssen!
Tims Mutter wartet bereits auf uns. »Jetzt noch Bananenboot?«, fragt sie und guckt uns erwartungsvoll an.
»Ach, nein, danke, das ist wirklich sehr freundlich«, wiegelt Sophie ab. »Aber davon wird mir immer so schlecht.«
»Na, aber deine Freundin hat doch sicher Lust, das sehe ich ihr an.«
Und ehe ich mich versehe, habe ich auch schon eine Schwimmweste an und sitze auf dem Wackelteil, während Sophie dicht neben Tim steht und mir zuwinkt. Daher weht also der Wind.
Ich habe aber keine Zeit mehr, darüber nachzudenken, welche Show Sophie da gerade abzieht, weil das Bananenboot plötzlich abgeht wie ein glitschiger Regenwurm. Ich kreische und jauchze und halte mich mit meiner ganzen Kraft fest. Es ist einfach ein irres Gefühl, so über die Wellen zu hopsen, und ich bin heilfroh, dass ich meinen Badeanzug trage. Als die Fahrt nach zwanzig Minuten leider zu Ende ist, will ich gar nicht absteigen, denn ich befürchte, dass ich so schnell nicht wieder die Gelegenheit dazu haben werde, Bananenboot zu fahren, weil meine Eltern für »so was« kein Geld ausgeben. Sophie und Tim sitzen mittlerweile eng nebeneinander auf einer Liege unter einem Sonnenschirm und winken mich zu sich. Tims Mutter ist scheinbar mit dem Kleinen wieder ins Hotel zurückgegangen.
»Und jetzt lade ich euch noch zur besten Melone aller Zei-

ten ein«, sagt Tim und ich denke, kein Kunststück mit dem Geld deiner Mutter. Er winkt lässig einen Melonenverkäufer herbei, der seine Schubkarre durch die Mittagshitze schiebt. Fasziniert schauen wir zu, wie der Verkäufer eine Melone zerteilt, halbiert, viertelt, achtelt und mit seinem Messer – cha, cha, cha! – in lauter kleine Stücke schnitzt.
Tim hat recht, die Melone ist tatsächlich die weltbeste aller Zeiten, nicht nur, weil er abwechselnd erst Sophie und dann mich damit füttert. Mir ist ganz flirrig und ich beschließe, zu Hause mit Felix auch mal so eine Melonenparty zu veranstalten. Tim lutscht sich genüsslich den Melonensaft von den Fingern und lässt Sophie dabei nicht aus den Augen.
Der will was von ihr, schießt es mir plötzlich durch meine überhitzte Birne, der will was, was sie nicht will. Aber meine Freundin sitzt wie ein hypnotisiertes Kaninchen an ihn gelehnt und schnallt gar nichts. Ich überlege fieberhaft, wie ich sie aus dieser Geschichte am besten wieder rausbringe.
»Oh Mann«, rufe ich und springe mit einem Satz auf. »Wir waren doch mit Yannick verabredet!«
Bei dem Wort Yannick scheint es bei Sophie klick! zu machen, denn sie rückt ein Stück von Tim ab und schüttelt den Kopf.
»Stimmt«, sagt sie und tippt sich die Hand an die Stirn. »Das habe ich vor lauter Melone glatt vergessen.«
Uff, mir rutscht ein Stein vom Herzen. Wenn es drauf ankommt, verstehen Sophie und ich uns blind. Ich greife nach Sophies Hand und ziehe sie mit mir.

»Danke auch!«, rufe ich im Weggehen noch in Tims Richtung, der ziemlich verdutzt dasitzt.
»Das war knapp«, meint Sophie, als wir außer Hörweite sind. »Ich hab die ganze Zeit schon so ein komisches Gefühl gehabt, aber als er mich jetzt so angeschaut hat . . .« Sie kichert plötzlich los. »Der wollte ja tatsächlich was von mir. Gut, dass wir jetzt mit Yannick verabredet sind.« Ich boxe Sophie in die Seite. Sie ist manchmal einfach unmöglich. Aber genau deswegen finde ich es klasse, dass sie meine beste Freundin ist.

Die nächsten Tage vergehen wie im Flug. Sophie und ich machen einfach nichts außer frühstücken, am Pool abhängen, Fruchtcocktails schlürfen, wieder am Pool abhängen, zum Buffet pilgern, eine letzte Runde im Pool drehen und schlafen. Zwischendurch spielen wir auch mal 'ne Runde Beachvolleyball oder machen Actionpainting, aber weniger weil wir Action brauchen, sondern weil uns dieser Animationsheini einfach nicht in Ruhe lässt. Sophie ist inzwischen richtig knackebraun und sieht aus wie eine echte Spanierin, was ihr am Pool viele neidische Blicke bringt. Tim hat noch ein paar Mal versucht, Sophie anzubaggern, es dann aber schnell sein lassen, als eine blonde Beauty neu an den Pool kam und dringend jemanden zum Rückeneincremen brauchte. Seitdem haben wir Ruhe vor seinen Aufdringlichkeiten.
Drei Tage vor unserer Heimreise fragt meine Mutter, ob wir nicht wenigstens einen gemeinsamen Ausflug machen wollen. Meine Eltern haben uns die ganze Zeit über ziem-

lich das machen lassen, wozu wir Lust hatten. Kein Kunststück, denn sie waren schließlich damit beschäftigt, sich wegen jedem Scheiß zu streiten. Ich hoffe, das legt sich, wenn wir wieder zu Hause sind und sie sich nicht mehr 24 Stunden am Tag sehen. Sophie ist sofort Feuer und Flamme, als sie hört, dass wir nach Palma wollen, wo es angeblich das beste Schokoladeneis der Welt gibt. Ich kann Schokoladeneis zwar nicht ausstehen, will aber keine Spielverderberin sein und klettere deshalb am nächsten Morgen gut gelaunt in den klimatisierten Reisebus.

Scheinbar sind wir nicht die Einzigen, die etwas von der Insel sehen wollen, denn der Bus ist bis auf den letzten Platz belegt. So finden Sophie und ich uns eingekeilt zwischen zwei Omis in der hinteren Reihe wieder, während meine Eltern auf getrennten Sitzen die Fahrt verbringen müssen. In Palma ist es auch nicht leerer. Überall wimmelt es von deutschen Touristen und ich frage mich, ob es zu Hause überhaupt noch Leute gibt, wenn doch alle Urlaub auf Mallorca machen. Wir schlendern durch die Altstadt und besichtigen die Kathedrale, die wirklich imposant ist. Ich stehe ewig vor dem gigantischen Rosettenfenster und studiere die Farbspiele, die durch die Lichtbrechung des Sonnenlichts entstehen.

Als ich mich wieder umdrehe, kann ich Sophie und meine Eltern nirgends entdecken, auch am Ausgang sind sie nicht. Nach zehn Minuten ist immer noch kein Fitzel von ihnen zu sehen. Allmählich bekomme ich Panik. Sind die jetzt noch drin? Oder womöglich auf der Toilette? Oder schon mal ins Museum vorausgegangen? Aber sie hätten mir doch sicher Bescheid gesagt?! Fragen über Fragen schießen durch meinen Kopf und ich überlege, was ich wohl am besten mache. Ich hechte noch einmal durch die ganze Kathedrale, remple und schubse die Leute an und ernte jede Menge missbilligende Kommentare in allen Sprachen. Ich schiebe meinen Sunvisor tiefer ins Gesicht und tue so, als ob ich kein Wort verstehen würde. Von Sophie und meinen Eltern fehlt jede Spur! Ob ich zum Busparkplatz zurückgehe und dort auf sie warte? Aber wir fahren erst am späten Nachmittag wieder ins Hotel zurück. Bis dahin bin ich da unten in der prallen Sonne längst vertrocknet. Keep cool, Celine, denke ich, die suchen dich und du suchst sie und gleich habt ihr euch gefunden.

Ich setze mich einfach auf die Stufen vor der Kathedrale in den Schatten und warte. Bestimmt kommen sie hier vorbei, alles nur eine Frage der Zeit. Eine Weile beobachte ich die Leute, die an mir vorbei die Stufen hochtrampeln und im Inneren der Kathedrale verschwinden, doch schon bald habe ich keine Lust mehr darauf, sonnenverbrannten Bierbäuchen und ausgeleierten Sonnentops zuzuschauen.

»A quién estás esperando?«, fragt mich da plötzlich ein dunkelhaariger Junge, der mich unglaublich nett angrinst. Ich schätze mal, er ist in meinem Alter. Ich verstehe kein Wort und zucke zur Antwort nur mit den Schultern.

»No entiendes? Ah, de dónde eres? Americana?« Kann der nicht aufhören, mich mit Spanisch vollzusülzen? Er merkt doch, dass ich nix kapiere. Im Hotel sprechen zwar alle Deutsch, doch jetzt bereue ich, dass ich das Angebot der Animateure nicht angenommen habe, wenigstens ein paar Sätze Spanisch zu lernen.

»Nix Americana«, antworte ich. »Ich warte auf meine Freundin.«

»Entiendo, amiga«, sagt er und tippt auf meinen Sonnenvisor. »Tiene la misma, verdad?«

»Stimmt, sie hat den gleichen«, sage ich erstaunt. »Woher weißt du das? Hast du sie gesehen?«

»Sí, sí.« Er nickt eifrig und deutet mit dem Zeigefinger in Richtung Altstadt. »En la chocolatería.«

Ich verstehe nur Schokolade. Na super, da lassen mich meine Eltern hier einfach mutterseelenallein in einer fremden Stadt in einer riesigen Kirche sitzen, nur um mit meiner Freundin in Ruhe ein Schokoladeneis zu essen. Doch ich erinnere mich vage an das uralte Café, an dem wir vorhin bei unserem Stadtrundgang vorbeigelaufen sind.

»Gracias.« So viel Spanisch kann ich dann doch noch. Erleichtert mache ich mich auf den Weg. Auch ohne mich umzudrehen, spüre ich, dass mich der Typ verfolgt. Was, wenn der dich angelogen hat und dies nur eine Falle ist? Unwillkürlich beschleunige ich meine Schritte. Mit den paar Euros, die ich noch in der Tasche habe, wird er nicht zufrieden sein. Ich laufe kreuz und quer durch die engen Gassen, Menschen strömen mir entgegen, aber kein vertrautes Gesicht ist dabei, nicht mal jemand aus dem Hotel. Ich wage einen Blick über die Schulter und sehe, dass der Junge hinten an der Ecke steht. Jetzt winkt er mir zu. Was soll das?, frage ich mich. Wenn er dich überfallen will, wäre er doch bestimmt nicht so freundlich, überlege ich und beschließe, selbst auf Angriff überzugehen. Ich laufe aufrecht und mit großen Schritten auf ihn zu.

»Wo ist meine Freundin? Bringe mich sofort zu ihr, verstanden?«, sage ich mit lauter Stimme und gucke ihm dabei fest in die Augen. Eigentlich sieht er sehr freundlich und vertrauenerweckend aus.

»Qué dices?«, bekomme ich zur Antwort. Doch ich greife einfach nach seiner Hand und sage bestimmt: »Amiga. Chocolatería! Bring mich zu ihr!«

Verdutzt guckt er mich an, dann nickt er. »Sí, sí, entiendo. Ven!«

Er zieht mich einfach mit sich und ich frage mich, ob es wirklich so eine gute Idee war, mich von ihm durch die Stadt führen zu lassen. Mittlerweile ist es brütend heiß und ich habe einen fürchterlichen Durst. Scheinbar kann er Gedanken lesen, denn keine Minute später stoppt er an einem kleinen Trinkbrunnen und schaufelt sich Wasser in den Mund. Dann deutet er an, dass ich ebenfalls trinken soll. Gierig schlucke ich den sanften Strahl. Ich wasche noch mein Gesicht und kühle mein Dekolleté, dann geht es weiter. Er besteht darauf, mich wieder an die Hand zu nehmen und ich habe den Verdacht, dass er es genießt, Seite an Seite mit einem blonden Mädchen durch die Straßen von Palma zu laufen. Keine Ahnung, wie lange wir unterwegs waren, zumindest stehen wir Ewigkeiten später vor der Chocolatería. Immerhin, er hat mich nicht angelogen und mich zu dem versprochenen Platz geführt. Erleichtert will ich meine Hand aus seiner ziehen, doch er

hält sie felsenfest umklammert und ich habe keine Chance, mich zu befreien. Ich gucke ihn finster von der Seite an, werde von ihm aber völlig ignoriert. Ich blöde Kuh, worauf habe ich mich da eingelassen?
Er öffnet die schwere Holztür und zieht mich in den klimatisierten Laden. Von meinen Eltern und Sophie fehlt jede Spur. Oh nein, bitte, bitte nicht! Plötzlich muss ich losheulen. Ich kann einfach nicht anders, es packt und schüttelt mich, ich schluchze und schniefe. Der Junge ist so irritiert, dass er meine Hand loslässt. Schnell kauere ich mich auf den nächstbesten freien Stuhl.
Als ich mich wieder beruhigt habe, sehe ich, wie er mit der Frau hinter dem Tresen spricht und wild herumgestikuliert. Dabei deutet er immer wieder auf meinen Blümchenvisor, den ich inzwischen von meinen völlig verschwitzten Haaren gezogen und vor mich auf den Tisch gelegt habe.
»Hier, trink erst mal was, das wird dir guttun.« Die Frau stellt mir ein Glas frisch gepressten Orangensaft vor die Nase und schaut mich freundlich an. »Keine Sorge, wir finden deine Eltern schon. Jaume hat recht, sie waren vorhin hier. Mir schien, dass sie auf jemanden gewartet haben, aber vor zehn Minuten haben sie bezahlt und sind gegangen.«
Zehn Minuten! Zu blöd, da habe ich sie glatt verpasst. Vor lauter Erleichterung darüber, dass die Frau Deutsch spricht, muss ich schon wieder anfangen zu weinen. Was nun? Waren wir etwa hier verabredet? Meine Mutter kennt doch meinen schlechten Orientierungssinn . . .

Aber klar doch, wir haben vorhin ausgemacht, dass wir uns hier treffen, sollten wir uns verlieren, aber spätestens um 14 Uhr.
»Weißt du was? Du bleibst jetzt einfach hier. Deine Eltern kommen bestimmt wieder zurück.« Die Frau guckt mich aufmunternd an. »Solange kannst du ja mit Jaume Deutsch lernen.« Sie wuschelt dem Jungen durch die Haare, dem das sichtlich peinlich ist. »Er ist nämlich stinkfaul, weißt du. Dabei kann er die Sprache ziemlich gut . . .«
Blödmann, denke ich, und mich lässt er völlig auflaufen. Ich schaue ihn an und blicke in seine zwei dunklen Augen, die mich aufmerksam mustern. Gut, dass ich ihm vertraut habe, sage ich mir, gut, dass die Welt doch nicht immer voller Bösewichte steckt. Ich grinse ihn zaghaft an und er grinst zurück.
»Warte«, sagt er und verschwindet. Nach einer Weile kommt er mit einem riesigen Eisbecher zurück, in dem traubenförmig tausend bunte Eiskugeln kunstvoll gestapelt sind.
»Hier, für dich!«, sagt er und drückt mir einen Löffel in die Hand. »Auf den Schreck hin und für ein gutes Ende musst du den jetzt aufessen. Weißt du eigentlich, dass wir Spanier an Silvester um Mitternacht bei jedem Glockenschlag eine Traube essen? Das bringt Glück fürs neue Jahr!«
Skeptisch begutachte ich den Eisturm. Zwölf Kugeln! So viel habe ich noch nie geschafft.
»Wir haben Hochsommer, du Idiot, kein Silvester«, grinse ich, fange aber an, Löffel für Löffel vom Eisberg

abzutragen. Er begleitet jeden Happs von mir mit seinen Blicken und ich frage mich, warum er sich nicht selbst ein Eis mitgebracht hat. Weil mir sein Angestarre peinlich ist, fange ich an, ihn zu füttern, einmal er, einmal ich, und so löffeln wir gemeinsam den ganzen Becher leer. Ich könnte ewig mit ihm weiteressen und bedauere es zutiefst, als wir schließlich auch die letzte Kugel aufgeputzt haben. Eine Weile sitzen wir stillschweigend da und keiner weiß so recht, was er sagen soll. Und selbst wenn wir es wüssten, das Café ist mittlerweile so knackvoll, da würde man sein eigenes Wort nicht mal verstehen.

Da spüre ich auf einmal seine Hand auf meiner und ich lasse es einfach geschehen, dass er sie wie vorhin fest umschließt. Es ist ein vertrautes Gefühl. Unsere Finger sind klebrig, aber das ist mir egal. Ich streichle jetzt mit meinem kleinen Finger seine Handinnenfläche und er drückt meine Hand fester. Ich weiß nicht, wie lange wir so dasitzen und unsere Hände miteinander sprechen und sich alles erzählen, ich habe jegliches Zeitgefühl verloren.

»Da ist sie ja!« Sophie fällt mir um den Hals und reißt mich aus meinen Träumen. Jaume springt erschrocken auf. Auch mein Vater guckt irritiert, während meine Mutter sich einen abgrinst.

»Sitzt da und hält Händchen, da können wir uns ja wund laufen! Was denkst du dir eigentlich?« Mein Vater ist sichtbar sauer, aber auch sichtbar erleichtert darüber, dass sie mich gefunden haben.

»Ich ... äh ...« Mir fällt keine passende Antwort ein. Ich

gucke zu Jaume und weiß, dass ich mich jetzt gleich von ihm verabschieden muss und ihn nie wiedersehen werde.
»Ich muss noch mal aufs Klo.« Sophie schnallt sofort, was abgeht, und ist schon verschwunden.
»Ich komm mit«, sagt meine Mutter und hechtet ihr hinterher. Es lebe die weibliche Intuition!
»Ja, dann.« Mein Vater weiß nicht so recht, was er sagen soll, scheint aber zu kapieren, dass er irgendwie fehl am Platz ist. »Ich warte schon mal draußen.«
Jaume guckt mich lange aus seinen dunklen Augen an und fasst mich an beiden Händen.
»Nos veremos«, flüstert er leise. »Wir sehen uns wieder. An einem anderen Tag, an einem anderen Platz.«
Ich spüre, dass er recht hat und dann mache ich etwas, was ich mich noch nie bei einem Jungen getraut habe: Ich umfasse sein Gesicht und drücke ihm einen Kuss auf die Lippen.

Es ist unser letzter Abend! Morgen reisen wir in aller Frühe ab. Sophie und ich haben bereits unsere Koffer gepackt, die Bikinis aber noch draußen gelassen. Heute Nacht steigt nämlich eine ultimative Schaumparty und meine Eltern haben erlaubt, dass wir mittanzen dürfen.
Aber vorher gibt es noch ein Gala-Abschiedsessen unten im Restaurant. Sophie und ich stylen uns besonders und ziehen unsere weißen Röcke an.
»Den Blümchenvisor lassen wir aber diesmal aus«, grinst Sophie. »Auch wenn die Teile eine genial klasse Idee von dir waren.«

»Stimmt«, entgegne ich trocken. »So sind wir wenigstens den schlimmsten Sonnenstichen entgangen.« Sophie prustet los.
Meine Freundin leiht mir ihr Glitzerpuder, was auf meiner braunen Haut total irre funkelt. Noch ein bisschen Gloss für die Lippen, dann strahlen wir uns gegenseitig im Badezimmerspiegel an.
»Wenn dich Felix jetzt so sehen könnte ...«, sagt Sophie und drückt mir einen Kuss auf die Wange. »Du siehst wunderschön aus.«
Ich spüre, wie mir Tränen in die Augen schießen, weil ich eigentlich schon lange nicht mehr an ihn gedacht habe. Seit dem Kuss mit Jaume bin ich völlig durcheinander. Ich habe ein schlechtes Gewissen, weil ich nicht weiß, wie ich mich Felix gegenüber verhalten soll, wenn ich ihn wiedersehe. Immerhin habe ich einen anderen Jungen geküsst.
»Musstest du mich daran erinnern?«, seufze ich und wische vorsichtig an meinen Augen rum, damit die Mascara nicht verläuft.
»Komm, das war doch nur für einen Tag«, sagt Sophie. Weiß sie eigentlich immer, was ich denke? »Das mit Felix fängt doch erst an und kann für immer sein. Freust du dich auf ihn?«
Ich lehne meine Stirn an ihre. Ob sie recht hat, weiß ich nicht, im Moment fühle ich mich irgendwie leer und doch ganz voll. Da sind ganz viele Gedanken an Jaume und seine dunklen Augen. Ich fühle seine weiche Hand und die Berührung seiner Finger. Andererseits sehe ich aber auch Felix, wie er an der Eisdiele so traurig vor mir

stand. Damals hatte ich mich nicht getraut, ihn einfach zu küssen.
Ich seufze wieder und drücke mich ein Stück von meiner Freundin weg.
»Und du?«, frage ich und gucke sie im Spiegel an. »Freust du dich denn auf Yannick?«
Sophie nickt und schaut mir im Spiegel in die Augen. »Und wie. Ich habe jeden Tag an ihn gedacht.«
Ich spüre einen Stich und denke, das war's dann also. Vorbei, die Celine-Sophie-Tage. Wenn wir zu Hause sind, wird Sophie ständig mit Yannick abhängen, ich kenne sie doch. Und mich wird sie höchstens noch zum Hausaufgabenabschreiben brauchen.
Wir stehen eng umschlungen vor dem Spiegel und schauen uns gegenseitig an. Ich fühle, dass sie das Gleiche denkt wie ich, fühle, dass auch sie sich fragt, wie es mit uns weitergeht.
»Du wirst für immer meine beste Freundin sein«, flüstert sie plötzlich und umarmt mich ganz fest. »Für immer. Egal, was mit Yannick sein wird.«
Erleichtert drücke ich sie an mich und für einen Moment stehen wir ganz eng umschlungen da. Die letzten zehn Tage mit ihr waren einfach genial und ich weiß, ich werde den Urlaub nie vergessen.
»Kommt ihr endlich, ihr zwei Hübschen, oder seid ihr immer noch nicht hübsch genug?« Mein Vater bollert an die Badezimmertür und reißt uns aus unseren Freundinnengedanken.
»Kleinen Moment noch«, ruft Sophie und lässt mich los,

um aus ihrem Rock etwas Silbriges an einem Lederband zu fischen. »Hier, einen für dich und einen für mich.« Sie legt mir eine wunderschöne Schmetterlingskette um den Hals und schließt dann vorsichtig das Lederbändchen in meinem Nacken. »Damit du weißt, dass wir uns gegenseitig beflügeln.«

»Und uns immer alles sagen können«, antworte ich und lege ihr ebenfalls die Kette um. Dann fassen wir uns an den Händen, nicken unseren Spiegelbildern noch einmal zu und gehen nach draußen, wo meine Eltern schon seit Ewigkeiten warten.

PHYLLIS REYNOLDS NAYLOR

Hals über Kopf, Alice

In der Schule steigt bald der große Abschlussball für die Achtklässler. Was es da alles zu regeln gibt! Alice, Elisabeth und Pamela planen schon seit Wochen. Wenigstens die Jungsfrage ist jetzt schon mal geklärt. Alice wird natürlich mit Patrick hingehen. Aber Pam hat sich ausgerechnet Donald Sheavers ausgesucht, den größten Idioten der ganzen Schule. Vielleicht war ihre Freundin bei der Auswahl einfach etwas verwirrt, mutmaßt Alice, schließlich geht bei Pamela gerade einiges drunter und drüber.

Wir fingen an, uns den Kopf über unsere Ballkleider zu zerbrechen. Ich beschloss, das jadegrüne Brautjungfernkleid anzuziehen, das ich zu Crystals Hochzeit getragen hatte. Und kurz nachdem Justin Collier Elisabeth gefragt hatte, ob sie seine Partnerin sein wollte, gingen sie und ihre Mutter einkaufen und erstanden ein schulterfreies rosafarbenes Satinkleid. Elisabeth hielt es sich an, damit Pamela und ich es bewundern konnten. Der Stoff hob sich wie eine Rose von ihrer cremefarbenen Haut ab. Meine

Freundin hat den schönsten Teint, den ich je bei einem Mädchen gesehen habe.

Pamela hatte als Einzige von uns noch kein Kleid. Da ihr Vater den Standpunkt vertrat, es sei Aufgabe ihrer Mutter, mit ihr einkaufen zu gehen, Mrs Jones jedoch mit ihrem Fitnesstrainer auf und davon war, stand Pamela wieder einmal allein da.

Elisabeth und ich boten ihr an, dass wir mit ihr shoppen gehen würden. So, wie sie sich in letzter Zeit verhalten hatte, machte ich mir allerdings ein bisschen Sorgen, was sie sich wohl für ein Kleid aussuchen würde. Aber ich wusste, dass sie meinen Bruder Lester mochte und wahrscheinlich auf ihn hören würde. Ich musste mir also nur noch überlegen, wie ich ihn dazu bringen konnte, uns zu begleiten.

Als er vom Bowlen nach Hause kam, machte ich Popcorn und brachte es ihm in sein Zimmer rauf. »Möchtest du was?«, fragte ich und stellte die Schüssel auf seinen Schreibtisch.

»Danke. Wenn du mir jetzt noch ein Bier bringen könntest . . .«, sagte er.

»Wir haben kein Bier, Lester.«

»Na, dann halt ich mich eben an das Popcorn«, meinte er und machte es sich mit einem Philosophiebuch auf dem Schoß auf seinem Bett gemütlich.

»Lester«, begann ich zögernd, »was würdest du sagen, wenn ich dir verrate, dass dich jemand für etwas ganz Besonderes braucht?«

Lester ließ das Buch langsam sinken. »*Wofür* braucht?

Mit wem hast du geredet, Al? Mit Marilyn? Doch nicht etwa mit *Crystal?*«

»Es ist eine von meinen Freundinnen, Lester.«

»Oh nein! Das letzte Mal, als mich eine von ihnen ›gebraucht‹ hat, war es Elisabeth, die noch nie einen nackten Mann gesehen hatte.«

Ich musste grinsen, als mir wieder einfiel, wie ich versucht hatte, Lester zu überreden, eins von diesen Männermagazinen für sie zu kaufen, in denen lauter knackige Kerle abgebildet waren.

»Darum geht's nicht«, beruhigte ich ihn. »Weißt du, es ist so: Pamelas Eltern haben Ehekrach. Ihre Mutter ist mit dem Fitnesstrainer durchgebrannt und ihr Vater stellt sich stur und sagt, Pamelas Mutter sei dafür zuständig, mit ihr ein Ballkleid kaufen zu gehen.«

»Und was habe *ich* damit zu tun? Soll ich vielleicht den Fitnesstrainer erschießen?«

»Nein, aber mit Pamela einkaufen gehen.«

»Bist du jetzt völlig übergeschnappt?«

»Elisabeth und ich kommen auch mit. Pamela war in letzter Zeit nämlich ein bisschen wild und jetzt haben wir Angst, dass sie sich irgendein peinliches Kleid kaufen will . . . Auf dich würde sie bestimmt hören.«

»Mit Kleidern kenne ich mich doch überhaupt nicht aus.«

»Aber du weißt, wenn es unanständig aussieht«, sagte ich.

»Da lass ich mir beim Zahnarzt doch lieber freiwillig eine Wurzelbehandlung machen.«

»Lester, wann hast du zum letzten Mal etwas völlig Selbstloses, Edles, Gutes und Wahres getan?«, fragte ich ihn.

»Das wird dich aber was kosten, Kleine.«
»Wie viel?«
»Wenn Crystal anruft, musst du sie für mich abwimmeln.«
»Ich soll sie anlügen?«
»Lass dir was einfallen. Ich möchte nicht in ihre Streitereien mit Peter verwickelt werden.«
»Gut. Abgemacht. Am Samstag im Einkaufszentrum?«
Lester seufzte. »Wir treffen uns dort, wenn ich bei *Maytag* fertig bin. Ich gebe euch von drei bis fünf, aber dann haue ich ab.«

Lester tauchte wie versprochen im Einkaufszentrum auf. Wir informierten ihn, welche fünf Geschäfte wir abklappern wollten, auch wenn Pamela dort nichts anprobierte. Sie würde bestimmt nicht das erstbeste Kleid kaufen, nur um dann festzustellen, dass es eine Tür weiter noch ein schickeres gab. Jedenfalls gingen wir voraus und Lester folgte in sicherer Entfernung.
»Wie ein Geheimagent«, kicherte Pamela.
Im ersten Laden hatten sie keine Kleider, die Pamela gefielen. Auf dem Weg zum nächsten wurden wir von einem Schmuckgeschäft gebremst, wo wir uns nach Ohrringen umsahen.
»Kommt nicht infrage, meine Damen! Schwingt die Hufe. Ihr kauft ein Kleid und ich gehe nach Hause. So lautet die Abmachung«, rief Lester uns vom Eingang aus zu. Die anderen Kunden drehten sich um und starrten uns neugierig an, aber Pamela kicherte nur. Sie fand es herrlich, dass Lester dabei war.

Wir hängten ihn kurzfristig ab, als wir an einem Dessousgeschäft vorbeikamen. In der Auslage stand nämlich eine Schaufensterpuppe, die knappe schwarze Höschen, weiße Strümpfe, hochhackige Schuhe und obenrum nur eine schwarze Frackjacke trug. Nicht zugeknöpft natürlich.
»Kommt nicht infrage, mein Herr! Schwing die Hufe!«, rief Elisabeth ihm zu. Ich glaube, er wurde sogar ein bisschen rot, als er sich uns wieder anschloss und wir das nächste Geschäft ansteuerten.
In der Teenie-Abteilung von *Penny's* lehnte sich Lester mit den Händen in den Taschen an eine Säule, während wir die Kleider auf der Stange betrachteten.
Pamela entdeckte ein schwarzes Kleid aus Kunstleder und hielt es für Lester hoch.
»Spinnst du?«, meinte er nur.
Dann sahen wir ein sehr schönes königsblaues Kleid – lang, seidig glänzend und mit einem Schlitz, der fast bis zur Hüfte ging. Wir quetschten uns zu dritt in die Umkleidekabine, während Pamela es anprobierte. Es war in der Taille ein bisschen zu weit, weil sie es nicht in ihrer Größe hatten, aber wir überredeten sie, es Lester trotzdem vorzuführen. Der beäugte gerade Kaugummi kauend eine Kundin in der Unterwäscheabteilung. Als er sich wieder umdrehte, stand Pamela vor ihm und strahlte ihn an.
Ich dachte, er würde gleich seinen Kaugummi verschlucken. »Zieh dich wieder um«, knurrte er.
»Les-ter!«, sagte ich vorwurfsvoll.
»Die Taille ist zu lang geschnitten. Die wirft ja lauter Falten. Da findest du was Besseres, Pamela.«

Das überzeugte uns und Pamela zog sich wieder um. Wir probierten es noch in zwei weiteren Läden, ohne etwas Passendes zu finden. Dann gingen wir in ein ziemlich edles Geschäft am anderen Ende des Einkaufszentrums. Dort entdeckten wir zwei Kleider, die vielversprechend aussahen. Die Verkäuferin hängte sie uns in eine geräumige Umkleidekabine mit dreiteiligem Spiegel und überließ uns unserem Schicksal.

Pamela zog zuerst das purpurfarbene an, das ein wenig an das blaue erinnerte, im Rücken aber tief ausgeschnitten war und einen Nackenträger hatte.

»Oh Pamela!«, seufzte ich, als ich sie darin sah. »Es ist perfekt!«

»Aber der Rückenausschnitt ist ziemlich tief«, wandte Elisabeth ein. »Ein Junge könnte seine Hand da reinstecken, wenn er wollte.«

Wir starrten sie an.

»Sie geht mit *Donald Sheavers* zum Ball«, erinnerte ich sie. »Dem müsste sie glatt noch Anweisungen dafür geben.«

»Na, dann zeig's mal Lester«, sagte Elisabeth.

Pamela öffnete die Tür der Umkleidekabine. Mein Bruder saß auf einem Klappstuhl. Er hatte irgendwo eine Zeitung gefunden und las gerade den Sportteil.

»Lester!«, rief Pamela und ging wie ein Model, einen Fuß elegant vor den anderen gesetzt, auf ihn zu. Als sie direkt vor ihm stand, stützte sie die Hand in die Hüfte und drehte sich einmal um sich selbst.

»Ach, du lieber Himmel!«, ächzte Lester, als er den Rücken des Kleides sah. Genauer gesagt, den Rücken von Pamela, dort wo kein Kleid war.

»Ich finde es perfekt!«, verkündete ich.

»Zu eng«, befand Lester.

»Ist es nicht, Les! Das muss so sitzen!«, widersprach Pamela.

»Also, ich weiß nicht«, meinte er. »Schaut euch doch mal den Rückenausschnitt an!«

»Seht ihr!«, rief Elisabeth triumphierend.

Als wir zurück in die Umkleidekabine gingen, begann ich, mir zu wünschen, wir hätten meinen Bruder zu Hause gelassen. Ich hätte nicht gedacht, dass er so prüde war. Offenbar hielt er uns immer noch für Kinder.

»Zieh doch mal das andere an«, sagte ich zu Pamela und zeigte auf das rote Kleid mit kurzem, schwingendem Rock und einem sehr, sehr tiefen Ausschnitt, das wir ebenfalls mit in die Kabine genommen hatten.

Als sie es anhatte, fand sogar ich, dass sie damit wahrscheinlich Feueralarm auslösen würde. »Sag Lester, entweder das oder das purpurfarbene.«

So fasziniert, wie Pamela sich im Spiegel betrachtete, fürchtete ich, dass sie sich für dieses Kleid entscheiden würde. Es passte jedenfalls bestens zu ihrem Verhalten in letzter Zeit. Langsam wünschte ich, *ich* wäre nicht mitgekommen, denn ich wollte nicht für ihre Wahl verantwortlich gemacht werden.

»Zeig's Lester«, war alles, was Elisabeth hervorbringen konnte.

Pamela tänzelte aus der Umkleidekabine und baute sich

vor meinem Bruder auf. Ihre Brüste wölbten sich herausfordernd aus dem Ausschnitt.

Lester blinzelte. Ich glaube, er merkte, dass Pamela dieses Kleid auch gefiel.

»Tolle Verkleidung für Halloween«, sagte er abfällig. »Und unschlagbar, wenn du wie eine Hure aussehen willst. Aber wenn du sexy und gleichzeitig dezent, aufregend und gleichzeitig elegant wirken willst, dann nimm doch lieber das purpurfarbene, Pamela. So schlecht fand ich es eigentlich gar nicht.«

»Na gut«, sagte sie zu unserer großen Erleichterung und stolzierte zurück in die Umkleidekabine.

Dort entdeckten wir einen kleinen Plastikbeutel mit zwei Schaumstoffeinlagen, die zu dem roten Kleid gehörten. Als wir es näher untersuchten, bemerkten wir auf jeder Seite eine Art Tasche im Oberteil des Kleides. Wenn man die Einlagen, die aussahen wie BH-Körbchen, dorthinein schob, würden sie Pamelas Brüste noch weiter hochpressen.

Wir konnten einfach nicht widerstehen. Ich stopfte den Schaumstoff von der einen Seite in den Ausschnitt und Elisabeth von der anderen. Als Pamela sich aufrichtete und ihren Oberkörper straffte, schoss eins der Körbchen heraus wie Popcorn und wir kreischten vor Lachen.

Elisabeth versuchte es noch einmal, aber weil das Kleid so eng war, stemmte das Körbchen Pamelas Brust diesmal so hoch, dass eine Brustwarze über den Ausschnitt hüpfte. Wir brüllten wieder los.

»Donald würde in Ohnmacht fallen«, ächzte Pamela und wischte sich die Augen.

»Und er würde nicht mal wissen, was ihm da um die Ohren geflogen ist«, fügte ich hinzu und schon prusteten wir wieder los.

Dann hörten wir Lesters Stimme von draußen.

». . . versuche, sie etwas im Auge zu behalten«, sagte er gerade. »Ich bin sozusagen ihr Aufpasser für heute.«

Wir verstummten.

»Was ist denn mit ihnen los?« Die Stimme der Verkäuferin.

»Entwicklungsprobleme, wissen Sie.«

»Oh, und dabei kamen sie mir ganz normal vor . . .«, sagte die Verkäuferin.

»Tja, man fällt eben jedes Mal wieder drauf rein«, meinte Lester.

Elisabeth, Pamela, Karen, Jill und ich verbrachten einen ganzen Sonntag in Elisabeths Zimmer, wo wir Frisuren ausprobierten und mit unterschiedlichen Make-ups herumexperimentierten. Ich hatte beschlossen, zu denen zu gehören, die in waren, auch wenn mich das noch so sehr anödete. Mrs Price erlaubte Elisabeth sogar, für den Ball Mascara zu benutzen. Mit ihren langen Wimpern sah sie aus wie ein Filmstar.

Außerdem bot Mrs Price Pamela und mir an, dass wir am Abend vor dem Ball unsere Kleider mitbringen und uns hier anziehen könnten. Das war sehr nett von ihr, aber gleichzeitig war ich furchtbar neidisch auf Elisabeth, weil sie eine Mutter hatte, die einem bei solchen Gelegenheiten helfen konnte. Vielleicht ging es Pamela ähnlich. Sie hatte zwar eine Mutter, aber die trieb sich in Las Vegas herum und vergnügte sich mit ihrem Fitnesstrainer.

Der Ball sollte am Freitagabend stattfinden. Als ich Patrick am Freitagmorgen in der Schule im Flur traf, winkte er und lächelte mir zu, aber danach sah ich ihn weder in der Cafeteria noch im Bus. Es war abgesprochen, dass Justins Vater zuerst die Jungen abholen sollte und dann die Mädchen. Wir hatten geplant, eine Stunde früher aufzubrechen, damit wir vor Beginn des Balls noch genug Zeit hatten, unsere Ansteckstäußchen zu befestigen und Fotos zu machen.

Ehrlich gesagt machte ich mir Sorgen wegen Donald Sheavers, weil er sich in der Öffentlichkeit ständig danebenbenahm. Ich wusste wirklich nicht, warum Pamela ihn zu unserem Ball eingeladen hatte. Es sei denn, sie wollte Brian oder Mark eifersüchtig machen. Aber ausgerechnet mit Donald ...?

Als ich in der vierten Klasse war, hatten wir öfter mal Tarzan zusammen gespielt und noch Jahre später stieß er jedes Mal, wenn er mich irgendwo traf, den alten Tarzanschrei aus und trommelte sich auf die Brust. Es war oberpeinlich!

Vor lauter Aufregung bekam ich beim Abendessen kaum etwas herunter. Da es auf dem Ball Sandwiches und andere Kleinigkeiten geben würde, beschloss ich, zu duschen und mit meinen Sachen zum Ankleiden zu Elisabeth rüberzugehen.

»Al«, rief Paps, als ich mit meinem Deo in der Hand aufs Bad zusprintete. »Telefon!«

Ich nahm oben im Flur ab. Es war Patrick.
»Alice?«, sagte er und seine Stimme klang ganz komisch. »Hör mal, es tut mir furchtbar leid, aber ich bin krank.«
Erschrocken sog ich die Luft ein. »Was?«
»Ich bin krank.«
»Aber ich hab dich doch heute Morgen in der Schule gesehen!«
»Ich weiß, da ging's mir schon nicht so gut, aber gegen Mittag habe ich mich dann richtig krank gefühlt. Ich hatte schreckliche Hals- und Kopfschmerzen. Meine Mutter musste mich abholen und wir sind sofort zum Arzt gefahren. Er glaubt, dass es Pfeiffersches Drüsenfieber ist. Wenn ja, ist es hochgradig ansteckend.«
»Oh Patrick!«, stieß ich hervor. Ich wünschte, ich hätte ehrlich sagen können, dass er mir furchtbar leidtat, aber ich tat mir selbst noch viel mehr leid. »Dann ... dann können wir also nicht zum Ball gehen?«
»Na ja, weißt du, ich habe Sam angerufen, um ihn zu fragen, ob er dich nicht begleiten kann. Er hätte auch das Sträußchen haben können, das ich für dich gekauft habe.«
»Du hast *was* getan?«
»Aber er geht schon mit einem anderen Mädchen hin.«
Ich hatte das Gefühl, dass sich der ganze Raum um mich drehte. Patrick konnte nicht zum Ball kommen und hatte Sam gebeten, mich zu begleiten, aber der hatte schon eine andere Partnerin, obwohl er mich zuerst gefragt hatte ...
»Hör mal, Alice«, sagte Patrick noch einmal und mir fiel erst jetzt auf, wie schwach seine Stimme klang. Er schien wirklich sehr krank zu sein. »Mein Vater ist gerade mit

deinem Strauß für den Ball auf dem Weg zu dir. Du musst auch ohne mich hingehen und dich gut amüsieren. Versprichst du mir das?«

Wenigstens war ich so geistesgegenwärtig zu sagen: »Ich finde es auch total schade, Patrick, und ich hoffe, dass es dir bald besser geht. Aber ohne dich wird es längst nicht so viel Spaß machen.«

Nachdem ich aufgelegt hatte, blieb ich an die Wand gelehnt stehen und hielt mir den Magen. Ich wusste nicht, ob ich weinen oder mich übergeben sollte. Letzten Endes tat ich keins von beiden.

Paps kam halb die Treppe hinauf. »Al?«, sagte er. »Stimmt irgendwas nicht?«

»Was ist Pfeiffersches Drüsenfieber?«, fragte ich. In diesem Moment wurde mir zum ersten Mal klar, dass Patrick möglicherweise ernsthaft krank war.

»Eine hochgradig ansteckende Krankheit, die ziemlich häufig vorkommt. Wer hat es denn? Patrick etwa?«

»J-ja.«

»Oh nein!«

Ich schluckte. »Aber ich gehe trotzdem zum Ball.«

»Sehr gut!«, sagte Paps. »Das ist die richtige Einstellung!«

Als ich sah, dass Mr Longs Wagen vor dem Haus hielt, ging ich nach unten, um ihn zu begrüßen. Er ist ein hochgewachsener Mann und ähnelt Patrick sehr, nur sein rotes Haar ist an den Schläfen bereits grau.

»Es tut Patrick unendlich leid«, sagte er. »Er fühlt sich ganz schrecklich.«

»Er wird doch wieder gesund, oder?«, fragte ich und

merkte plötzlich, dass ich im Bademantel auf der Veranda stand.
»Oh, ganz sicher, aber in diesem Stadium ist die Krankheit hochgradig ansteckend. So etwas passiert nun mal und man kann nicht viel dagegen machen. Aber es hätte ja nicht gerade jetzt sein müssen.«
»Stimmt«, sagte ich und dankte ihm, dass er mir das Ansteckstäußchen vorbeigebracht hatte. Ich nahm es mit ins Haus, duschte, zog meinen Jogginganzug an und ging mit meinem Kleid über die Straße zu Elisabeth.
Sie hielt mir die Tür auf, damit ich es nicht zerdrückte. Pamela war schon da. Die beiden hatten sich bereits geschminkt und sahen wahnsinnig erwachsen aus. Dann bemerkten sie meinen Gesichtsausdruck.
»Was ist denn los?«
»Patrick ist krank. Ich muss alleine zum Ball gehen.«
»Oh Alice!«, rief Elisabeth.
»Was hat er denn?«, fragte Pamela.
»Pfeiffersches Drüsenfieber. Es ist ansteckend.«
»Was für ein Jammer!«, warf Elisabeths Mutter ein. »Und dabei hatte er schon deine Blumen besorgt und alles.«
Ich dachte daran, was Tante Sally gesagt hätte, wenn ich sie in Chicago angerufen hätte: *Wenn das Leben dir Zitronen gibt, mach Limonade daraus.*
»Aber ich gehe trotzdem hin«, wiederholte ich.
»Zu blöd, dass Sam nichts davon weiß, dass Patrick ausfällt«, meinte Pamela. »Wetten, er würde sich die Chance nicht entgehen lassen, dich zum Ball zu begleiten?«
»Doch, er weiß es. Patrick hat ihn angerufen und ihn ge-

fragt, ob er nicht mit mir hingehen könnte, aber er ist schon mit jemand anders verabredet.«

»*Was* hat er gemacht? Ist er verrückt geworden?«, rief Pamela.

»Patrick weiß, dass Sam mich mag, deswegen hat er gedacht, ich könnte mit ihm zusammen zum Ball gehen.«

»Ich verstehe die Jungs einfach nicht!«, schnaubte Elisabeth. »Damit heizt er die Konkurrenz doch nur noch mehr an. Was ist, wenn Sam Ja gesagt hätte? Du könntest dich doch in ihn verlieben und ...«

»Ich muss mich anziehen«, unterbrach ich sie und ging mit meinen Sachen nach oben.

Allerdings war mir dieser Gedanke auch schon gekommen. Patrick war entweder unglaublich dumm, unglaublich großzügig oder unglaublich selbstbewusst. Hätte ich so großzügig reagiert, wenn ich krank geworden wäre? Hätte ich Patrick vorgeschlagen, mit einem anderen Mädchen zum Ball zu gehen? Mit einem Mädchen, das außerdem noch hinter ihm her war? Wahrscheinlich nicht.

Pamela sah in ihrem purpurfarbenen Abendkleid mit dem Nackenträger und den langen, baumelnden Ohrringen absolut umwerfend aus. Elisabeth erinnerte in ihrem rosafarbenen Satinkleid ein bisschen an Cinderella und ich fühlte mich in dem jadegrünen Kleid, das ich zu Crystals Hochzeit getragen hatte, wie eine Brautjungfer. Aber das war mir egal, weil es mir gut stand.

Paps knipste ein paar Bilder und dann kam Lester mit seiner Kamera die Treppe herunter.

»Na dann, meine Damen, sagt mal *cheese.*« Und als unser

Lächeln für seinen Geschmack nicht strahlend genug ausfiel, forderte er uns auf: »Okay, dann versucht es mal mit *Stringtanga.*«

Danach mussten wir uns seitlich hinstellen wie Showgirls und dabei eine Hand auf die Schulter des Mädchens vor uns legen und mit der anderen den Rock hochhalten.

»Das war's, ich hole euch dann so gegen elf ab«, sagte er.

Der Mond war fast voll und ich fragte mich, ob Patrick ihn auch gerade betrachtete und an mich dachte.

Kurz darauf fuhr Justins Vater vor Elisabeths Haus vor. Donald und Justin kamen gleichzeitig mit ihren Ansteckstäußen für Pamela und Elisabeth zur Tür.

Ich muss zugeben, dass ich erstaunt war, wie gut die beiden in ihren Anzügen aussahen. Bei dem großen blonden Justin hatte ich das natürlich irgendwie erwartet, aber es haute mich um, wie sehr Donald Sheavers sich verändert hatte. Gut ausgesehen hatte er schon immer, aber noch vor ein paar Monaten hatte er sich im Einkaufszentrum völlig danebenbenommen. Doch jetzt reichte er Pamela höflich ihr Sträußchen und half ihr, es anzustecken. Er begrüßte mich, ohne einen Tarzanschrei auszustoßen, ließ sich mit Pamela zusammen fotografieren und hielt uns wie ein Gentleman die Tür auf, als wir zum Auto gingen.

Ich fand es schon schlimm genug, zusehen zu müssen, wie Justin und Donald meinen Freundinnen ihre Sträußchen ansteckten, aber noch schlimmer war, dass die beiden mit Pamela und Elisabeth auf dem Schoß hinten sitzen durften, während ich auf dem Beifahrersitz neben Justins Vater Platz nehmen musste. Wenn Patrick mitgekommen wäre, hätten wir uns alle sechs auf den Rücksitz gequetscht und jede Menge Spaß gehabt.

Als wir vor der Schule hielten, sagte ich zu mir: Okay, du hast die Wahl: Entweder läufst du den ganzen Abend mit einem traurigen Gesicht herum und wirst von allen bemitleidet oder du lachst, tanzt und machst den anderen Mädchen Komplimente über ihre Kleider.

Das Dekorationskomitee hatte unsere Turnhalle unter dem Motto »Der goldene Planet« geschmückt. Mit Goldlack angesprühte Zweige waren an den Wänden befestigt und darunter lag vergoldeter Kies. Hunderte Blumen aus Goldfolie hingen von der Decke und ein Stroboskopscheinwerfer ließ goldene Dreiecke über die Wände tanzen, während die Band – heute Abend waren es Profis – den Tänzern kräftig einheizte.

Elisabeth und Justin stürmten sofort auf die Tanzfläche, während Pamela und Donald das Büfett ansteuerten. Donald ist immer auf der Suche nach etwas Essbarem. Wenn er früher in Takoma Park zum Spielen zu uns kam, verschwand er als Erstes in der Küche.

Als das Stück zu Ende war und ein langsamer Song begann, spürte ich eine Hand auf meiner Taille. Als ich mich umdrehte, stand Sam vor mir und lächelte. »Möchtest du tanzen?«, fragte er.

»Also, ich ...« Ich blickte mich suchend nach seiner Partnerin um.

»Sie tanzt gerade mit einem anderen«, sagte Sam.

»Na dann.«

Ich legte meine Hand auf Sams Schulter und er hielt mich fest, aber nicht zu fest.

»Patrick hat mich angerufen«, sagte er, während wir uns über die Tanzfläche bewegten.

»Ich weiß. Er hat's mir erzählt.«

»Ich war ziemlich überrascht, als er mich gebeten hat, dich zum Ball zu begleiten. Du weißt doch, dass ich das gern getan hätte, wenn ...«

»Ich weiß«, sagte ich schnell und musste wieder daran denken, dass er mich sogar noch *vor* Patrick gefragt hatte. Aber ich war so sicher gewesen, dass Patrick mit mir hingehen würde, dass ich Nein gesagt hatte.

Wir sprachen darüber, wann das Buch mit den Fotos unseres Jahrgangs herauskommen würde und dass wir sie hoffentlich rechtzeitig abgegeben hatten, um den Termin zu halten. Als das Stück zu Ende war, beugte Sam sich vor, küsste mich ganz leicht auf die Wange, drückte meine Hand und brachte mich zum Punschstand zurück, bevor er sich aufmachte, um nach seiner Partnerin zu suchen.

Pamela kam zu mir herüber.

»Du lieber Himmel, Alice, ich hab's gesehen!«

»Was denn?«

»Er hat dich *geküsst!*«

»Wir sind nur gute Freunde«, sagte ich, aber ich konnte mir ein Lächeln nicht verkneifen.

»*Sehr* gute Freunde, würde ich sagen.« Sie lachte.

»Hör mal, ich mag Sam.«

»Ja, aber ...« Sie brach ab.

»Hey, Alice! Willst du tanzen?«

Diesmal war es Donald Sheavers.
»Mach nur«, meinte Pamela. »Ich muss sowieso aufs Klo.«
Ich ging mit Donald auf die Tanzfläche und erlebte die zweite Überraschung des Abends. Er war ein guter Tänzer.
»Es ist irgendwie komisch, dich hier in unserer Schule zu sehen«, sagte ich zu ihm. »Wie ist denn eure drüben in Takoma Park?«
»Nicht viel anders«, antwortete er. »Eure Schule ist größer, aber wir haben ein gutes Basketball-Team, in dem ich mitspiele. Ich werde mich nächstes Jahr für die Highschool-Mannschaft bewerben. Mein Trainer meint, ich hätte gute Chancen, es zu schaffen.«
Wir führten ein ganz normales Gespräch! Donald gab keinen Schwachsinn von sich, rülpste nicht in aller Öffentlichkeit, kratzte sich nicht unter den Achseln und spielte auch nicht Tarzan. Ich konnte es kaum fassen, wie erwachsen er plötzlich wirkte.
Obwohl ich viel Spaß hatte, kam mir der Abend sehr lang vor. Deswegen hatte ich auch nichts dagegen, um elf aufzubrechen. Wenn Patrick hier gewesen wäre, hätte ich am liebsten die ganze Nacht durchgemacht, das wusste ich genau.
Wir verabschiedeten uns von allen und nahmen uns jeder noch irgendein Andenken an den Ball mit. Dann gingen wir nach draußen, um auf Lester zu warten. Doch der war schon da und hatte sich für diese besondere Gelegenheit sogar ein Sakko angezogen.

»Meine Damen, meine Herren«, sagte er und hielt uns die Wagentüren auf. Wieder quetschten sich Elisabeth und Pamela mit ihren Begleitern auf den Rücksitz, während ich vorne neben Lester saß.

Er brachte zuerst die Mädchen nach Hause. Dabei fiel mir auf, dass er ein kleines Stück an jedem Haus vorbeifuhr, bevor er hielt. Wir hätten uns also umdrehen müssen, um zu sehen, wie Justin Elisabeth auf ihrer Veranda küsste oder Donald Pamela. Dann fuhr er Donald rüber nach Takoma Park und lieferte zuletzt Justin zu Hause ab.

Ich verabschiedete mich von allen mit aufgesetzter Fröhlichkeit und falschem Lächeln und winkte ihnen hinterher.

Als nur noch Lester und ich im Wagen waren, sagte ich plötzlich: »Les, bitte fahr mich zu Patrick, ja?«

»Was?«

»Ich muss unbedingt noch etwas erledigen.«

»Er schläft wahrscheinlich schon, Al! Er ist krank!«

»Das weiß ich doch. Wenn er schläft, fahren wir nach Hause, okay?«

»Ich hoffe, du weißt, was du tust.«

Lester wendete an der nächsten Ecke und fuhr die drei Blocks bis zum Haus der Longs. Dort stieg ich aus und ging ums Haus herum bis zu Patricks Zimmer. Ich freute mich, als ich drinnen ein flackerndes Licht entdeckte. Er sah also noch fern.

Ich stand in meinem jadegrünen Kleid auf dem Rasen und wünschte, ich könnte singen. Wünschte, Lester hätte seine Gitarre dabei, damit wir Patrick ein Ständchen bringen konnten, genau wie er es zu meinem Geburtstag getan hatte.

Plötzlich kam mir eine Idee. Ich griff in mein jadegrünes Abendtäschchen und holte eine Handvoll goldglänzender Kieselsteine heraus, mein Andenken an den Ball. Ich nahm ein paar davon und warf sie gegen die Fensterläden. Dabei passte ich auf, dass ich nicht die Scheibe traf.

»Al!«, zischte Lester mir aus dem Auto zu.

Ich wartete. Nichts geschah. Wahrscheinlich konnte Patrick es nicht hören, weil der Fernseher zu laut war. Vielleicht war er auch eingeschlafen. Ich warf den Rest der Kiesel gegen die Fensterläden.

Ein Schatten bewegte sich über die Wand und dann tauchte Patrick am Fenster auf. Er öffnete es und lehnte sich hinaus.

»Alice?«, sagte er mit einem lauten Flüstern und lachte dann. »Was machst du denn hier?«

Ich lachte auch. »Ich bin nur vorbeigekommen, um dir ein Souvenir vom Ball zu bringen. Goldene Kieselsteine. Du musst morgen Jagd darauf machen.«

Wir lachten wieder.

»Wie war der Ball?« Ich hörte an seiner Stimme, dass er schlimme Halsschmerzen haben musste.

»Ich wünschte, du wärst da gewesen. Wie fühlst du dich?«

»Gruselig«, antwortete er. »Ich hoffe, du kriegst es nicht auch.«

»Muss ja ganz schön schlimm sein.« Patrick tat mir wirklich leid.

»Ich werd's überleben. Wie war die Band?«

»Nicht so gut wie ihr.«
»Ist doch logisch.« Er grinste. »Hast du mit jemandem getanzt?«
»Mit allen. Sie haben einmal um die Turnhalle herum Schlange gestanden und gewartet, bis sie dran waren.«
»Und was ist mit Sam?«, wollte Patrick wissen.
»Ja, mit ihm habe ich auch getanzt.«
»Ich wette, er war glücklich.«
»Wie ich schon sagte, *du* hast mir gefehlt.«
»Es tut mir so leid wegen heute Abend«, sagte Patrick leise.
»Du kannst doch nichts dafür.«
Er schwieg eine Weile. »Du siehst einfach umwerfend aus«, sagte er dann.
»Danke. Aber ich sollte dich jetzt lieber wieder ins Bett gehen lassen. Übrigens, danke für die Blumen, Patrick. Sie sind sehr schön.«
»Gute Nacht, Alice. Es ist lieb, dass du noch vorbeigekommen bist.« Er warf mir einen Kuss zu.
Ich stieg wieder ins Auto und Lester ließ den Motor an. »Hat dir schon mal jemand gesagt, dass du verdammt nett bist, Kleine?«, fragte er. »Ein verrücktes Huhn, aber nett.«
Ich lachte. »Das war das Mindeste, was ich für Patrick tun konnte.«
»Steinchen an sein Fenster werfen. Ja, klingt logisch.«
Als wir nach Hause kamen, setzte ich mich auf die Sofalehne und erzählte Paps alles über den Ball. Dann ging ich in die Küche, um mein Sträußchen in den Kühlschrank zu legen.

Als ich die Schachtel öffnete, in der es gelegen hatte, sah ich ein kleines zusammengefaltetes Stück Papier, das mir vorher nicht aufgefallen war. Ich setzte mich an den Küchentisch, um es zu lesen:

Liebe Alice,

es tut mir schrecklich leid, dass ich nicht mit dir zum Ball gehen kann. Ich hätte dich so gerne in deinem grünen Kleid gesehen, meine Arme um dich gelegt und mit dir getanzt. Darf ich dich jetzt schon zum großen Abschlussball einladen, wenn wir auf der Highschool sind?

In Liebe, Dein Patrick

AUTORENBIOGRAFIEN UND QUELLENNACHWEIS

Ilona Einwohlt,
geboren 1968, ist schon als Schülerin ihren Lehrer mit etwas anderen Aufsätzen aufgefallen. Seit ihrem Germanistikstudium schreibt und arbeitet sie jetzt schon viele Jahre selbstständig in ihrem Büro für Kinder- und Jugendliteratur. Besonders mit ihren Mädchenbüchern hat sie sich inzwischen einen Namen gemacht. Ilona Einwohlt lebt mit ihrer Familie in der Nähe von Darmstadt.
(www.ilonaeinwohlt.de)
Zicken, Zoff und Herzgeflüster. Romanauszug aus: dies., »Zicken, Zoff und Herzgeflüster« © Arena Verlag GmbH, Würzburg 2007.

Kerstin Gier,
Jahrgang 1966, hat als mehr oder weniger arbeitslose Diplompädagogin 1995 mit dem Schreiben begonnen. Mit riesigem Erfolg: Gleich ihr Erstlingswerk »Männer und andere Katastrophen« wurde mit Heike Makatsch in der Hauptrolle verfilmt. Mittlerweile ist sie auch als Jugendbuchautorin sehr bekannt geworden. Die DeLIA-Preisträgerin lebt mit Mann, Sohn und Katze in einem Dorf in der Nähe von Bergisch Gladbach.
Jungs sind wie Kaugummi. Romanauszug aus: dies., »Jungs sind wie Kaugummi – süß und leicht um den Finger zu wickeln“ © Arena Verlag GmbH, Würzburg 2007.

Irma Krauß
wurde 1949 geboren. Nach ihrem Pädagogikstudium arbeitete sie zunächst als Lehrerin an einer Grund- und Hauptschule. Erst als ihre drei Kinder größer wurden, begann sie zu schreiben. Seither hat sie zahlreiche Kinder- und Jugendbücher veröffentlicht. 1998 wurde sie mit dem Peter-Härtling-Preis für Kinder- und Jugendliteratur ausgezeichnet. Irma Krauß lebt in der Nähe von Augsburg.
Meerhexe. Romanauszug aus: dies., »Meerhexe« © cbt Verlag in der Verlagsgruppe Random House GmbH, München 2007.

Beatrix Mannel,
geboren 1961 in Darmstadt, studierte Komparatistik, Italoromanistik sowie Theater- und Literaturwissenschaften. Anschließend war sie Redakteurin bei verschiedenen Fernsehproduktionsfirmen. Seit 2000 schreibt sie Romane für Erwachsene und Jugendliche. Beatrix Mannel lebt mit ihrer Familie in Bayern. *(www.beatrix-mannel.de)*
Allein unter Kühen. Originalbeitrag © Beatrix Mannel.

Manuela Martini
wurde 1963 in Mainz geboren. Sie studierte Geschichte und Literaturwissenschaft in Mainz und München und arbeitete anschließend einige Zeit im Werbe- und Dokumentarfilmgeschäft. Nach mehreren Jahren in Australien lebt sie heute in Spanien und schreibt vor allem Jugendkrimis und Romane für Erwachsene.

(www.manuela-martini.de)
French Fries. Originalbeitrag © Manuela Martini.

Dagmar H. Mueller
wurde 1961 im Sauerland geboren. Sie studierte in Hamburg Germanistik und Sportwissenschaften und arbeitete als Skilehrerin, Musiklehrerin und PR-Texterin. All das konnte sie aber nicht von ihrer wahren Passion abhalten, dem Schreiben von Büchern. 2006 gewann Dagmar H. Mueller den NRW-Kinderbuchpreis und arbeitet heute hauptberuflich als Autorin.
Die Chaosschwestern sind unschlagbar! Romanauszug aus: dies., »Die Chaosschwestern sind unschlagbar« © C. Bertelsmann Kinder- und Jugendbuch Verlag in der Verlagsgruppe Random House GmbH, München 2009.

Christine Nöstlinger
wurde 1936 in Wien geboren. Sie gehört zu den bekanntesten deutschsprachigen Kinder- und Jugendbuchautoren. Erst studierte sie Grafik und Malerei und arbeitete für verschiedene Zeitschriften, Fernsehen und Radio, bevor sie 1970 ihr erstes Kinderbuch schrieb und illustrierte: »Die feuerrote Friederike«. Christine Nöstlinger wurde unter anderem mit der Hans-Christian-Andersen-Medaille, dem Deutschen Jugendliteraturpreis und dem Astrid-Lindgren-Gedächtnispreis ausgezeichnet.
Wie ein Ei dem anderen. Romanauszug aus: dies., »Wie ein Ei dem anderen« © Beltz Verlag, Weinheim und Basel 1991.

Phyllis Reynolds Naylor
wurde 1933 in Anderson/Indiana geboren. Mit 16 Jahren wurde ihre erste Geschichte in einer Kinderzeitschrift veröffentlicht. Aber sie machte zunächst eine Ausbildung als Klinikpsychologin, bevor 1965 ihr erstes Buch erschien und sie beschloss, hauptberuflich Schriftstellerin zu werden. Seitdem hat sie mehr als 80 Kinder- und Jugendbücher verfasst. Phyllis Reynolds Naylor lebt heute mit ihrem Mann und zwei Katzen in Maryland.
Hals über Kopf, Alice. Romanauszug aus: dies., »Hals über Kopf, Alice« © Loewe Verlag GmbH, Bindlach 2006.

Patricia Schröder,
geboren 1960, lebt mit Mann, zwei Kindern und einer Handvoll Tieren an der Nordsee. Sie studierte Produktdesign und arbeitet seit einigen Jahren als freie Autorin. Zuerst schrieb sie satirische Beiträge für den Funk, später Texte für Anthologien, bevor sie ihre Liebe fürs Kinder- und Jugendbuch entdeckte.
Beste Freundin, blöde Kuh! Romanauszug aus: dies., »Beste Freundin, blöde Kuh!« © Arena Verlag GmbH, Würzburg 2006.

Wir danken den Autorinnen und Autoren und den Verlagen für die freundliche Genehmigung zum Abdruck der Texte. Sollten trotz intensiver Nachforschungen des Verlages Rechteinhaber nicht ermittelt worden sein, so bitten wir diese, sich mit dem Verlag in Verbindung zu setzen.

Sylvania Pippistrella (Hrsg.)

Vampir-Attacke

Das ultimative Gruselbuch

Es wird gruselig! Clevere Vampirjäger und durstige Vampirinnen, uralte Fledermausmenschen und gefährliche Mitternachtswesen treiben ihr Unwesen in dieser Vampiranthologie. Von der Lust nach dem roten Saft und der Angst vor dem Sonnenlicht erzählen Gruselexperten wie Thomas Brezina, Paul van Loon, R.L. Stine und Bram Stoker.

Arena

168 Seiten.
Arena-Taschenbuch.
Im blutroten Liquid-Bag.
ISBN 978-3-401-02436-3
www.arena-verlag.de

Kerstin Kipker (Hrsg.)

Ferien

Erfrischende Sommergeschichten

Sandige Strandabenteuer, wilde Ponyferien, ein chaotischer Familienurlaub und Flüge in den siebten Himmel machen Lust auf Sonne, Strand und Meer. Christian Bieniek, Achim Bröger, Nina Schindler, Andreas Schlüter, Patricia Schröder u.v.m. erzählen ihre Sommergeschichte – Fernweh garantiert!

Arena

144 Seiten.
Arena-Taschenbuch.
Im türkisblauen Liquid-Bag.
ISBN 978-3-401-02891-0
www.arena-verlag.de

Katrin Weller (Hrsg.)

Elfenblut

Zauberhafte Geschichten

Sie sind unsterblich, winzig klein und wunderschön. Sie verfügen über magische Fähigkeiten und Zauberkräfte. Sie lieben das Licht und sind zugleich Geschöpfe der Dunkelheit. Mit Fantasie, Witz und viel Gefühl erzählen Isabel und Sofia Abedi, Steve Augarde, Katja Brandis, Sissel Chipman, Martina Dierks, Wolfgang und Heike Hohlbein und andere bekannte Autoren ihre schönsten Elfengeschichten!

Arena

160 Seiten.
Arena-Taschenbuch.
Im goldfarbenen Liquid-Bag.
ISBN 978-3-401-50045-4
www.arena-verlag.de